KB037061

애련일지 愛蓮日誌

연꽃 만나고 온 바람

태산처럼 고요하기를
바람처럼 자유롭기를
꽃잎처럼 부드럽기를
햇볕처럼 따스하기를
불꽃같은 사랑이기를

차례

들머리에

연꽃 사진과 단상을 묶으며

여기 실린 글과 사진은 2022년 올해의 여름^{6월 14일부터 9월 2일까지}에 내가 연꽃과의 만남을 중심으로 일지형태로 기록한 것이다.

다 아는 것처럼 연꽃은 여름의 꽃이다. 그 염천의 무더운 기운을 바탕으로 맑고 서늘하게 피어나는 꽃이다.

진흙 속 흙탕물에 뿌리를 두고 있지만, 거기에 물들지 않고 더 맑고 향기롭게 피는 꽃, 그래서 흔히 연꽃을 지상에서 피는 천상의 꽃이라고도 한다. 이 때문에 연꽃은 불교의 깨달음과 자비를 상징하기도 하고 예로부터 많은 이들의 사랑과 찬사와 칭송을 받아왔다.

연꽃의 이런 성품과 아름다움을 칭송하는 여러 글 가운데 연꽃의 10가지 미덕을 표현한 글도 그 하나이라 싶다. 나도 이런 연꽃을 좋아하는 사람 가운데 하나이다.

나는 체질적으로 여름 더위를 잘 견디지 못하는 편인데, 그런 내가 여름을 기다리는 것도 이 연꽃을 보는 즐거움 때문이라고 할 만큼 나도 연꽃을 좋아한다.

다행히 내가 한 이십여 년 전에 새롭게 터 잡은 이곳에 이름난 연지가

9

있어 거의 날마다 아침에 이 연지에 들러 연꽃과 만나는 것을 여름 한 철의 즐거운 일과로 삼을 수 있었다.

무엇인가를 좋아하고 사랑하게 되면 그것을 갖고자 하는 것이 세속을 사는 이들의 욕심이라, 나도 내가 좋아하는 그 연꽃을 스마트폰 사진으로 담아 그때의 내 소회와 함께 페이스북으로 나누어 왔다. 그렇게 사진으로 담아 나눈 것이 수백 장에 이른다.

나는 사진 찍는 것에 대해 배운 바가 없다. 그래서 이 사진들이 잘 찍은 사진인지는 알지 못한다. 그러나 내가 보고 만나는 이 연꽃을 어떻게 담아야 잘 전할 수 있을까 하는 마음으로 찍은 사진들이다. 연꽃을 그냥 보는 것과 그런 마음으로 스마트폰의 화면을 통해 만나는 것이 내게는 사뭇

다르게 느껴진다. 좀 더 깊게 연꽃으로 다가가는 것 같다.

사랑을 하나가 되고자 하는 마음이라고 한다면 내가 연꽃을 사진으로 담는 것은 내 식의 그 사랑법이라고 할 수도 있겠다. 여기에 실린 사진들에는 그런 내 마음이 담겨 있다는 점에서 나에겐 나름의 의미가 있다.

이 연꽃 사진과 거기에 담긴 내 소회를 함께 엮어 묶는 것에는 망설임이 없지 않았다. 기후비상사태와 문명전환이라는 절박한 명

제 앞에서 이런 한가한 일을 한다는 게 불필요한 일이라는 생각과 함께 더 근본적으로는 내 사진과 글들이 과연 책으로 묶을 만큼 의미가 있는가 하는 의문이 들었기 때문이다.

그럼에도 서툰 사진과 모자라는 글을 이리 사진산문집으로 묶는 것은 이 또한 하나의 기록이라는 생각 때문이다. 2022년 이 여름, 한 사람이 거의 아침마다 맨발로 연지를 걸으며 연꽃과 눈을 맞추고 그것을 스마트폰으로 담아 나눈 기록, 그것이 내겐 의미가 있다는 생각이고 또 누군가가 나의 눈길을 담긴 이 연꽃을 좋아할 수 있다면 이 또한 내겐 고마움이라는 생각 때문이다.

처음엔 연꽃과 관련한 글만 실으려다가 일지처럼 쓴 다른 글도 함께 묶은 것은 이 여름 한 철, 연꽃이 피었다가 지는 그 기간에 내게 일어났던 다른 생각들도 나름의 의미를 갖는다는 생각에 덧붙이게 되었다. 결국은 욕심이라 할 것이다. 그래도 그런 내 마음을 담아 여기에 나눈다.

연꽃과 이 연지를 돌보고 가꾸어 온 손길들과 내 사진에 함께 공감해준 인연들에 감사드린다.

2022년 11월
숲마루재에서

여류[如流] 모심

연꽃 앞에서

아침마다 젖은 땅 맨발로 딛으며

이슬 깨지 않은 연꽃 만나는 것은

나 또한 저 연꽃을 닮았으면 하는 까닭이다

진흙 속 뿌리 두어 흙탕물에 몸 담그고도

저토록 해맑게 꽃 피우며

맑고 깊은 그 향기 아낌없이 온 사방에 나누는

연꽃의 그 한 생을

언제쯤이면 그리 닮아갈 수 있을까

오늘 아침에도 연지에 나가

밤새 해맑게 피어난 연꽃 앞에 합장하며 안부를 묻는다

남은 생애에 한 번이라도 저 연꽃을 닮을 수 있기를

그렇게 당신 앞에

한순간만이라도 환하게 피어날 수 있기를

올해 첫 연꽃과의 해후

오늘 아침, 지난 밤부터 내리던 비가 조금 잦아드는 사이에 연꽃 테마파크의 연지에 나가 올해 첫 연꽃과 만난다. 연꽃은 이미 피기 시작했지만 나와는 올해 첫 만남이다. 이 만남을 연꽃과의 해후라고 할 수 있을까. 해후邂逅란 헤어졌다가 다시 만난다는 뜻인데, 지금 만나고 있는 이 연꽃은 지난해 만났던 그 연꽃이 아니기 때문이다. 그러나 한편으로 생각하면 나도 지난해의 내가 아니면서 나인 것처럼 저 연꽃도 올해 새로 핀 것이면서 동시에 지난해 꽃을 피웠던 같은 연에서 피어났으니 모습을 달리한 지난해의 그 연꽃일지도 모른다는 생각이 들기도 한다.

전생이 있고 윤회輪廻가 있다면 그것이 어찌 사람에게만 적용된다고 할 것인가. 오늘 아침, 일년 만에 만난 연꽃들이 낯설지 않은 것은 그런 까닭이리라 싶기도 하다. 비에 젖어 촉촉해진 땅을 맨발로 걸으며 설레는 마음으로 연꽃 앞에 다가간다. 지난해에 첫 연꽃과 만났던 날보다 이틀 뒤 늦은 만남이다. 이미 연지 이곳저곳에서 연꽃들이 피기 시작했다. 오늘부터 이 연지의 연꽃이 다 질 때까지 연꽃과의 만남을 이어갈 것이다.

그렇게 이 여름이 끝날 때까지 이 연지는 부지런히 찾아와 연꽃 앞에 예배하는 나의 기도처이자 이 여름 한철의 순례지가 될 것이다. 지상에 핀 천상의 꽃, 처염상정處染常淨의 연꽃 앞에 두 손을 모은다.

22 06 15

아라홍련과 연꽃 테마파크

이곳 함안의 연꽃 테마파크는 이 지역 성산산성城山山城에서 출토된 700여 년 전새로운 발굴에 의해서 1000년 전 신라시대의 연씨라는 설이 더욱 유력하다의 연씨를 발아시켜 복원한 아라홍련阿羅紅蓮을 중심으로 조성한 것인데, 이 인근 낙동강 늪지에서 자생해온 법수홍련도 함께 심어져 있다.

두 홍련지를 따로 구획하여 조성해 놓았지만 지금은 두 홍련이 서로 뒤섞여 있어 사실상의 구별이 별로 의미가 없어 보인다. 연꽃은 자가수정을 철저히 기피하는 탓에 대부분 교잡종이 우점하기 때문이다. 이 홍련지 한 켠에 제법 큰 백련지도 있고, 낙동강에 자생하는 가시연도 있지만 이곳 연지는 홍련이 대종이다. 올해 연지의 연 상태가 지난해에 비해 많이 못 미친다. 기후변화 탓일까. 연지를 돌보는 이들의 미흡함 때문일까.

오늘도 밤새 내린 비로 젖은 땅을 맨발로 걸으며 비에 젖은 연꽃들과 마주한다. 존재와 존재의, 우주와 우주의 만남임을 생각한다.

22
06
19

연꽃이 열리는 시간

오늘 아침에도 연지를 걷는다. 바깥으로 나가는 날이 아니라면 이 연지의 꽃들이 다 질 때까지 아침마다 이 연꽃들과 만날 것이다. 피고지는 연꽃들을 보며 어떻게 해야 이 연꽃들과 더 깊게 만날 수 있는 지를 생각한다. 그렇게 만난 연꽃을 어떻게 담아 나눌 수 있는 지에 대해서도.

연꽃이 피어있는 기간은 3, 4일이 고작이다. 첫날 이른 새벽에 꽃봉오리가 열렸다가 한낮이 되기 전에 닫히고, 이틀날에사 활짝 열려 벌들을 불러모아 수정을 하고, 다시 닫혔다가 셋째날이면 열린 상태로 있으면서 그 다음부터 꽃잎을 한 잎씩 떨구며 지기 시작하기 때문이다.

이곳 연지의 연꽃들이 이제막 피기 시작하면서도 새로 피어나는 꽃 옆에 꽃잎을 다 떨군 연꽃씨방^{연자방}이 함께 있는 것은 이런 까닭이다. 꽃이 핀다는 것은 곧 지는 것이기도 하다는 것을 연꽃만큼 여실하게 보여주는 것도 드물다 싶다.

연꽃을 좋아하던 옛 사람들이 연꽃송이가 열리는 소리를 듣기 위해 5

경五更이 되기 전 첫 새벽에 연지로 나간 것은 연꽃이 그때부터 꽃봉오리를 열기 때문이라 했듯이 연꽃을 제대로 감상하려면 동이 트기 전이 가장 적절한 시간이다. 그 시각이면 이슬이 맺힌 청순한 연꽃과 아래로 깔린 맑고 그윽한 향기를 넉넉히 즐길 수 있기 때문이다. 갈수록 몸이 게을러져서 새벽 연꽃은 만나지 못하고 매번 해가 돋아야 연지에 가닿게 되어 아직 한번도 연꽃이 열리는 소리를 듣지 못했다. 내 식識이 더 맑아지고 내 귀가 더 오롯해져야 연꽃이 피는 소리를 들을 수 있을 지도 모르겠다.

오늘 아침에 연지를 걷고 연꽃들과 만나면서 꽃잎 열리는 소리 대신에 참새와 뻐꾸기, 꾀꼬리, 검은등뻐꾸기 등 새들의 노래소리를 들었다. 새소리엔 조금씩 귀가 열리는 것 같다. 오늘 아침에 만난 연꽃들의 자태 함께 나눈다.

멀수록 더 깊은 향기

오늘은 해가 뜨기 전에 연지에 나가 연꽃과 함께 해맞이를 하고 싶었다. 그래서 마음 먹고 모처럼 일찍 일어났는데 아침마다 눈부시던 하늘이 오늘따라 구름만 가득하다. 연지에서 해돋이 보기는 틀린 날씨다. 그러나 어쩔 것인가. 하늘이 하시는 일을. 청호우기晴好雨奇라 했으니 흐리면 흐린대로 연꽃과 만나면 될터이다. 덕분에 연꽃과 더 일찍 만난다. 아직 해가 돋지 않아 연꽃 향이 더욱 깊게 느껴진다.

연꽃은 그 자태 뿐만아니라 이 향기도 깊고 맑고 그윽하다. 북송의 유학자 주돈이가 애련설에서 연꽃을 꽃 가운데 군자君子라 칭송하면서 연꽃의 향기는 멀수록 더욱 맑다고 했던 까닭이 느껴진다.

연꽃의 개화시기를 대개 7월에서 8월로 삼지만 온난화로 인한 영향인지 아직 유월인데도 이곳 연지의 홍련과 백련은 지금 하루가 다르게 피어나고 있다. 꽃대들이 우후죽순처럼 솟아나고 있는데, 아마도 이 달 말이면 연지에 연꽃들이 더욱 풍성하게 피어 눈부시리라 싶다.

가까이 연지가 있어 이 여름 한철을 아침마다 이리 연꽃과 만나며 연꽃의 미덕을 상기할 수 있다는 게 새삼스런 고마움으로 다가온다. 처염상정處染常淨 이제염오離諸染汚의 존재 앞에 두 손을 모은다.

연꽃 만나고 가는 바람

미당(未堂)의 시 가운데 '연꽃 만나고 가는 바람같이'라는 시가 있다.

연꽃 만나고 가는 바람같이

섭섭하게,
그러나 아주 섭섭치는 말고
좀 섭섭한 듯만 하게,

이별이게,
그러나 아주 영 이별은 말고
어디 내생에서라도 다시 만나기로 하는 이별이게,

연(蓮)꽃 만나러 가는 바람 아니라
만나고 가는 바람같이
엊그제 만나고 가는 바람 아니라
한두 철 전 만나고 가는 바람같이

아침에 연향이 물안개처럼 낮게 깔린 연지를 걸으며 문득 '연꽃을 만나고 가는 바람같이'라는 미당의 이 시가 떠올랐다. '연꽃을 만나고 가는 바람' 이 시 한 행, 한 문장 속에 미당의 시혼詩魂이 전율처럼 느껴진다. 이별을 이렇게도 노래할 수 있을까.

　연꽃을 만나고 가는 바람, 어제 연꽃을 군자의 꽃이라 찬양하며 애련설을 쓴 중국 북송 시대의 유학자 주돈이周敦頤, 1017~1073를 이야기 했는데, 그 애련설愛蓮說 가운데 '진흙 속에서 나왔으나 물들지 않고/ 맑은 물 잔물결에 씻겨도 요염하지 않고/ 속은 비었으되 밖은 곧아/ 덩굴은 뻗지 않고 가지도 없으며/ 향기는 멀수록 더욱 맑고 우뚝 깨끗하게 서 있으니/ 멀리서 바라볼 수는 있으되 함부로 다룰 수는 없다'라는 그런 연꽃을 만나고 가는 바람과 같은 이별, 그런 이별을 무엇이라고 이름할 수 있을까.

그런 생각 끝에 나는 미당의 '연꽃을 만나고 가는 바람'이라는 이 시구절의 마지막을 '연꽃을 만나고 오는 바람같이'로 살짝 비틀어 이별이 아니라 만남의 시로 노래하면 좋겠다는 생각이 든다. 나에게 오는, 나와 만나는 인연들이 연꽃을 만나고 오는 그런 바람 같았으면, 아니 내가 다른 이들에게 연꽃의 맑고 깊은 향기를 싣고 다가가는 그런 바람같은 존재일 수 있으면 하는 생각이 오늘 아침 연향 가득한 연지에서 연꽃과 만나며 떠올랐다.

가까이 하면 닮는다고 했으니 날마다 연꽃과 만나고 그 향기를 맡고 느끼면 언젠가 나에게서도 연향이 느껴질지도 모르겠다. 오늘 아침, 숲마루재에서 올해 첫 매미소리를 들었다. 연꽃이 피고 매미소리가 집안에 가득하니 이제부터 여름이 깊어지겠다.

나의 여름꽃을 정하다

나도 주돈이의 애련설에 빗대어 연꽃과의 만나는 내 나름의 일지를 '애련일지愛蓮日誌'라고 하기로 한다. 실은 지난 해에도 그리 쓰기도 했다. 내가 과문하여 연꽃을 좋아한다면서도 연꽃의 미덕을 찬양한 글과 노래를 아는 게 거의 없다.

이 계절, 연꽃이 필 때부터 마지막 연꽃이 질 때까지 거의 날마다 만나고 있는 이 꽃에 대한 헌사와 노래를 조금이라도 알아야 예의가 아닐까. 그런 생각에 꽃의 시인이라고 불려졌던 김춘수 시인의 시를 찾아봤더니 거기에 '나는 연꽃이고 싶다.'라는 시가 있다.

나는 연꽃이고 싶다

피었다 사라질 짧은 생^生일지라도
나는 꽃이 되리라

길러지지 않을 맑은 숨결의 연꽃으로
아주 멀리서도 향기를 아는
눈망울 마알간 꽃이 되리라

바람처럼 그대 지나가면
그리워 멍드는 가슴이지만

내 본연의 정결함 잃지 않아
머리털 희어진 꽃대궁이 될지라도

수줍은 듯 꽃 피울 수 있다면
그때와 변함 없으리라

샘물을 일렁이면 맑아질 거다
사랑은 그렇게 기다리는 거다

나의 마음속 꽃잎처럼 환해져
굳이 눈으로 볼수 없을지라도

푸른 잎 붉은 꽃이면 충분한 사랑
다만 교태로서 사로 잡지 못해도

화려하면서도 단아하기 위하여
피어날 무렵의 고운 꽃으로 남으리라

이 시는 누가 자신의 빛깔과 향기에 알맞는 이름을 불러주면 그에게로 가서 그의 꽃이 되고 싶다고 노래한 김춘수 시인이 스스로 자신의 빛깔과 향기에 맞는 꽃으로 택한 것이 연꽃이라는 고백이기도 할 것이다. 이 시에서도 주돈이의 애련설과 미당의 '연꽃 만나고 가는 바람'이란 노래가 함께 느껴진다. 그럴 수밖에 없으리라 싶다. 달리 또 어떻게 표현할 수 있을까. 내 가슴 속에도 그 느낌은 가득하지만 아직 드려내어 아름답게 표현할 재주가 없으니 다른 이의 노래로 달랠 수밖에 없을 것 같다.

한때, 숲과 나무를 좋아하는 이들과 어울리면서 나의 나무로 삼은 것은 이 땅이 원산지인 '구상나무'였다. 지리산, 한라산, 소백산 등지의 고지대에 사철 푸르게 청정한 자태로 서 있으면서 주목처럼 살아 천년, 죽어 천년이라는 그런 나무이고 싶었다. 내게 감히 그런 욕심이 허락될 수 있다면 말이다. 그리고 얼마전 새소리를 찾는 모임에서 우연하게 다가온 새가 호반새였다. 그렇게 나의 나무와 나의 새가 정해졌으니 이제는 나의 꽃도 정했으면 싶다. 나라마다, 지자체마다 꽃과 새와 동물 등 여러 상징들이 있으니 나도 안 될 것은 없으리라. 문제는 내가 거의 모든 꽃을 다 좋아해서 어느 꽃 하나만을 나의 꽃으로 삼기엔 어렵다는 점이다. 그래서 과분한 욕심이긴 하지만 우선 계절별로 하나씩을 나의 꽃으로 정하기로 한다. 저 금강산도 철마다 금강, 봉래, 풍악, 개골이라 불렀듯이. 여름꽃은 당연히 연꽃이고 겨울꽃은 동백을, 가을꽃은 구절초로 한다. 봄꽃은 너무 많으니 어느 한 꽃을 정하기가 쉽지 않다. 매화, 목련, 모란, 작약 등이 모두가 나의 봄꽃으로 함께 하고 싶은 꽃들이다. 나의 봄꽃 이름은 다시 봄을 만나서 정하기로 미루어 두는 것이 좋겠다.

서로 달리 보이는 세계

한 닷새 숲마루재를 떠났다가 오늘 아침, 비가 오락가락하는 가운데 연지에 갔더니 연지가 환하다. 그 며칠 사이에 연지의 연꽃들이 다투어 피어났다. 이제 연꽃이 제철을 만났으니 지금부터 팔월 말까지는 이 연지 가득 연꽃으로 충만하리라.

간밤에 내린 비로 말끔히 단장한 연꽃의 자태가 더욱 곱고 해맑다. 피어나고 있는 꽃도, 활짝 핀 꽃도, 지금 꽃잎 떨구며 지고 있는 꽃도, 꽃이 다 지고 씨방만 달고 있는 것도, 푸른 연잎들도 모두 맑고 아름답다. 그래서 옛사람들이 맑고 고우면서도 속됨에 물들지 않는 연꽃처럼 세상 속에 머물되 그 세상의 오염에는 물들지 않는 그런 삶을 살라고 한 것이리라.

그리움과 반가움으로 연꽃 앞에 다가가 담으려고 했더니 전원을 연결하라는 메시지가 뜬다. 스마트폰 전원이 나가기 전에 몇 장의 사진을 서둘러 담는다. 전원이 나가 더이상 사진으로 담기를 포기하고 눈과 가슴에 담으며 연지를 걷는다. 그랬더니 사진으로 담아 나누었으면 하는 연꽃들이 유난히 더 많이 눈에 들어온다. 이 또한 마음이 지어내는 흥미로운 현상이다. 스마트폰 화면으로 보는 연꽃과 그냥 눈으로 보는 연꽃자태가 달리 보인다. 관점이 같을지라도 시각에 따라 달리 보이는 것이다.

　우리가 비록 같은 방향을 본다고 할지라도 저마다 선 자리에 따라 달리 보인다는 것은 세계는 보는 자마다 다르게 경험된다는 뜻이리라. 한 사람이 곧 한 세계라는 의미이기도 할 것이다. 대관大觀과 세찰細察을 다시 생각한다. 하루 종일 하늘이 흐렸다가 개였다가, 비가 오락가락 한다. 이 또한 멋진 날, 멋진 풍경이다.

백련과 눈 맞추며

간밤에 비가 실하게 내렸다. 잠결에도 빗소리가 크게 들렸다. 아침에 들리는 개울물 소리가 우렁차다. 얼마만에 듣는 물소리인가. 이 비에 연지의 연꽃들은 괜찮을까. 연꽃의 안부가 궁금하여 우산을 챙겨 연지로 나갔더니 연지의 하늘이 말끔하다. 숲마루재에서 연지까지 차로 10분 정도의 거리에 불과한데도 산자락 숲마루재에는 비가 오고 들녘인 이곳엔 햇살이 비친다. 지형에 따른 날씨의 변화일까.

오늘은 연지의 백련에만 눈맞추기로 한다. 그동안 홍련만 담아 나누었기 때문이다. 이곳 연지엔 홍련만 있는 게 아니라 백련도 함께 있다. 다만 아라홍련이 이곳의 상징이기도 해서 상대적으로 더 큰 규모이긴 하지만 백련지의 규모도 상당하다. 지금 이 백련지에도 연꽃들이 다투어 피어나고 있다.

백련은 그 순백의 맑고 우아한 자태와 함께 향기도 훨씬 맑고 깊다. 그래서 대부분 백련을 연꽃의 상징으로 떠올릴 정도로 많은 사랑을 받는 꽃이기도 하다. 그러나 내게는 연꽃이 흰꽃인가 붉은꽃인가의 색깔 구분을 떠나 모든 연꽃이 천상의 꽃이라는 찬사처럼 한결같이 아름답고 고결하게 느껴진다. 그럼에도 여태까지 홍련만 사진으로 담아 나눈 것은 사진으로 표현하기엔 홍련이 더 수월하게 느껴졌기 때문이기도 하고 더 많이 내 눈에 띄기도 했기 때문이다. 대신에 백련은 따로 담아 소개하는 것이 좋겠다는 생각에 미루어오다가 오늘 아침엔 내 주의를 백련에만 두려고 했다. 그것이 백련에 대한 예의라 싶은 까닭이다. 그러나 백련을 만나려면 홍련지를 먼저 지나가야 하는데 홍련의 그 맑고 고운 자태를 짐짓 못본체하며 지나기도 쉽지 않은 일이다.

연꽃의 미덕을 여러 종교에서도 상징으로 삼아 칭송하고 있는데, 불교에선 홍련을 지혜의 상징으로, 백련을 자비의 상징으로도 삼고 있다고 한다. 경전에 나오는 연꽃은 백련, 홍련과 더불어 청련靑蓮도 있는데, 청련은 주로 남방 쪽에 피는 꽃이라 여기선 아직 보질 못했다. 언젠가 남방불교를 전공한 학자에게 붓다께서 영취산 설법 중에 연꽃 한 송이를 들어올렸을 때 가섭존자迦葉尊者만이 그 뜻을 알고 빙긋이 웃었다는 그 염화시중拈華示衆의 미소라는 고사에 나오는 연꽃이 무슨 색깔의 꽃인지 물었더니 경전에 연꽃 색깔에 대한 기록은 없었지만 아마도 백련일 것이라는 대답을 들었던 적이 있다. 그런 점에서 연꽃, 특히 백련이 상징하는 의미는 더욱 각별하다는 생각이 든다.

　연꽃 말고 다른 꽃으로 붓다의 깨달음에 대한 의미를 상징적으로 드러낼만한 꽃이 따로 또 있을까 싶다. 오늘 내가 만난 이 백련이 붓다가 들어올렸던 그 꽃과 다를 바 없다면 나도 이 연꽃 앞에서 가섭존자처럼 빙그레 미소지을 수 있을까.

꿀벌과 연꽃

오늘 어느새 칠월 초하루, 아침부터 볕살이 따갑다. 엊그제 흠뻑 비가 내린 뒤끝이라 하늘이 맑아 더욱 그런 것 같다. 오늘 이곳 남부 지역엔 폭염주의보가 내렸다. 연지에서의 아침 기온이 벌써 27도이다. 이제부터 본격적인 한여름 복더위가 시작되는 때가 되었다.

더위를 기운으로 피는 꽃, 연꽃은 지금 제철을 맞아 다투어 피어나고 있다. 그 연꽃 위로 벌들의 움직임이 활발하다. 마치 떼를 지어 오가는 것 같다. 며칠 전까지만해도 이렇지는 않았는데 오늘따라 유난히 벌들이 많다. 연지에 누가 벌통을 가져다 놓았을까. 지구촌 전역에서 갈수록 꿀벌이 사라지고 있다는 소식에 암울하던 마음 때문인지 연꽃 위에 분주한 꿀벌들의 움직임이 더욱 반갑게 느껴진다. 지상에서 꿀벌이 사라지면 인류 또한 4년을 넘기지 못할 것이라는 경고처럼 전 세계 식량자원의 70%를 수정해서 결실을 맺게 하는 꿀벌이 사라져 결실을 맺지 못하게 된다면 그 때부터 인간과 지구 생태계엔 어떤 일이 일어날까.

우리에게 발도르프^{Walldorf} 교육과 슈타이너 농법으로도 잘 알려진 인지

41

학을 창시한 루돌프 슈타이너^{Rudolf Steiner} 박사 또한 '꿀벌과 인간'이란 책에서 꿀벌의 중요성을 강조하고 있다. 그렇게 보면 저 꿀벌과 우리 인간 또한 한 목숨으로 이어져 있는 것이다. 어찌 인간과 꿀벌 뿐이랴. 지상의 모든 생명, 모든 존재물들이 다 그렇게 한생명으로 이어져 있는 것을.

연꽃은 암술과 수술이 피어나는 시간이 달라 자체 수정이 힘든 꽃이라고 하는데 이처럼 벌들이 부지런하게 오가며 이웃 연꽃들과 활발하게 수정시키고 있으니 연씨^{연밥}가 더욱 튼실하게 맺히리라 싶다.

오늘 칠월 초하루, 연꽃에게, 꿀벌에게, 아침부터 내려쬐는 햇살에게도 감사드린다. 그리고 살아있는 지상의 모든 생명붙이들에게도 자비의 기도를 바친다. 해마다 연꽃이 피어날 때, 그 연꽃 위에서의 꿀벌들의 향연 또한 성대하기를.

하늘을 품은 연꽃

연지의 아침 하늘 빛이 좋다. 하늘을 이고 피어있는 연꽃, 연꽃은 지상에 핀 천상의 꽃이라 했으니 저 하늘과 연꽃을 함께 담을 수 있으면 좋겠다. 연꽃을 품은 하늘과 하늘을 품은 연꽃을 생각한다. 일즉일체 일체즉일一卽一切一切卽一, 올해 연초에 관옥형이 보내주신 신심명의 한 구절이다.

천부경에는 인중천지일人中天地一이라 했는데 하늘을 모신 것이 어찌 사람뿐이라. 해월선사의 말씀처럼 천지만물 가운데 하늘을 품지 않은 것이 어디 있으랴 싶다. 내 안에도 저 하늘이 있다면 그 하늘을 품은 연꽃 또한 함께 있을 것이다. 아침 연지의 하늘 빛과 그 하늘을 이고 피어있는 연꽃을 보며 떠오르는 두서없는 단상이다.

22 07 04

까닭 모를 한숨

오늘이 칠월 초나흘. 어느새 올해도 절반이 지났다. 오늘은 좀 늦게 연지로 나가니 해가 솟아올라 벌써 볕살이 뜨겁다. 이 열기에 연꽃들이 다투어 피어나 어느새 연지의 절반 가까이 피어난 것 같다. 일찍 다가온 더위에 연꽃의 개화시기도 훨씬 빨라진 것이라 싶다. 칠월 말부터 피기 시작한다는 만생종 법수 옥수홍련도 벌써 삼분의 일 가까이 피어났으니 지구온난화란 말이 여기서도 실감난다.

여름 내내 피고 지는 연꽃들, 그 맑고 눈부신 연꽃 앞에서 '어제 내가 만나고 온 연꽃과 오늘 만나는 이 연꽃은 같은 꽃인가, 새로 피어난 꽃인가' 하고 묻다가 절로 한숨짓는다. 이리 절로 한숨 쉬는 까닭이 무엇일까. 피면서 지는 꽃 때문일까. 덧없이 지는 꽃과 내 늙음을 동일시하기 때문일까.

'꽃이 핀다는 것은 지는 것이기도 하다는 것을 진즉에 알았더라면'이라고 노래했던 적이 있었다. 그렇다. 피었기 때문에 지는 것이고, 태어났기에 돌아가는 것이다. 회자정리會者定離요, 거자필반去者必返이란 말은 절반은

46

맞고 절반은 틀린 것이라 싶다.

　만남은 헤어짐을 필연으로 하지만 떠난 자가 반드시 돌아온다는 것은 내겐 아직 수사에 불과한 까닭이다. 이미 저버린 저 꽃을 어찌 다시 또 볼 수 있다는 것인가. 꽃이 핀다는 것은 꽃이 진다는 것이기도 하다는 것은 분명히 알겠건만 지는 저 꽃이 다시 피는 것이기도 하다는 것은 아직 나는 알지 못한다. 그것이 이 연꽃 앞에서 나도 모르게 절로 한숨 짓는 까닭일지도 모르겠다. 웃고 있어도 눈물이 난다는 노랫말이 뜬금없이 떠오르는 것도 이런 까닭이리라.

한살과 다아님과 함께

전주 고백교회 다아 이강실 목사와 한살 한상렬 목사 내외가 숲마루재에 하루 묵고 갔다. 몇해 전에도 이즈음에 다녀간 적이 있어 지금 연지의 연꽃이 한창이라 했더니 연꽃도 만날 겸 방문한 것이다.

어제는 가까운 남녘바닷가에 함께 나갔다가 오늘 아침 일찍 연꽃을 만났다. 그리고 오전에 김천의 김성순 선생을 뵈려 떠났다. 한살님이 최근에 어른들을 찾아뵙고 말씀을 듣는 것을 중요한 일로 삼는다며 주변에 찾아뵐만한 분이 계시면 소개해달라기에 김천의 항보 선생을 한번 찾아뵈라고 해서 그리로 간 것이다.

한살 한상렬 목사는 이른바 가장 열렬한 통일꾼으로 알려져 있지만 흔히 세간에서 오해하듯 주사파이거나 북조선을 일방적으로 지지하는 그런 종북주의자는 아니다. 그가 전민련 중앙의장의 자격으로 단신 방북하여 김주석을 만난 것도 북조선의 이념과 체제에 동의해서가 아니라 이 땅의 모든 질곡의 원인인 분단 모순을 극복하기 위한 통일의 열망 때문이었음을 고백하고 있기 때문이다. 한살님의 생각은 한몸 한생명인 이 민족과

48

이 나라가 분단으로 갈라져 고통 받고 있기 때문에 남북이 모두 한몸 한 생명체임을 깨닫는 것이 곧 통일의 전제요, 시작이라고 믿고 있다. 그래서 그는 남쪽에서도, 북쪽에 가서도 한몸 한생명의 믿음을 강조해온 것이라 싶다. 그런 점에서 그의 생각이나 행동은 매우 순진하고 단순하기도 하다. 그가 스스로를 '한살'이라고 일컫는 것도 이런 까닭이라 싶다.

내가 한살님을 운동권의 다른 인사들과 달리 생각하는 것은 한살님은 누구보다도 자신의 양심과 믿음에 충실한 종교인이자 역사와 시대의 아픔을 자신의 아픔으로 온몸으로 함께 앓아왔다고 믿기 때문이다. 아 모두가 다 나 목사 부인이신 다님은 몸과 마음으로 앓고 있는 한살님을 가슴에 품고 깊은 트라우마 상태에서 벗어날 수 있도록 이끌어온 치유자이자 동지라 하겠다. 이번 만남에서 한살님이 방북하여 70일간 머무는 동안 백두산 천지에서 배를 탔던 것과 천지의 호수에 몸을 담그며 남북으로 3배를 올렸다는 이야기를 새롭게 들었다.

한살님이 일전에 나더러 함께 기도하자고 제안한 바가 있는데 그는 참으로 열심히 기도하고 그 기도의 응답에 따라 사심없이 행동하는 사람이라는 생각을 이번에도 다시하게 된다. 저 힌두의 경전 바가바드기타에서 말하는 까르마요가 수행자의 모습을 한살님에게서도 떠올리는 까닭이다.

　그의 염원처럼 갈라진 이 땅과 겨레의 한몸 한생명이 다시 하나될 수 있기를 함께 기도한다. 그러기 위해선 먼저 서로를 현재 상태 그대로 인정하면서 사이좋게 지내는 것부터 제대로 해야할 것이라 싶다.

무심으로 사진에 담기

어제 해거름에 소나기가 제법 실하게 내렸다. 말라가던 땅에 기다리던 단비다. 아침, 앞산이 안개 속에 가려 있다. 그 풍경이 몽환적이다. 땅도 촉촉히 젖어 맨발걷기에 좋겠다.

며칠 만에 들린 연지엔 연꽃이 가득하다. 온 사방이 붉은 빛으로 환하다. 지금이 절정이라고 해도 되겠다. 온난화로 꽃 피는 시기가 해마다 빨라지고는 있지만 올해는 지난해에 비해서도 한 보름 이상은 빨라진 것 같다. 지금 연지 전체에 피어있는 연꽃의 개화 정도가 예년의 7월 말이나 8월 초의 모습과 다를바 없어 보인다. 일찍 다가온 폭염이 연꽃들을 이리 한꺼번에 피어나게 하는 모양이다.

오늘이 주말이라 그런지 아침 이른 시간인데도 연꽃 사진을 찍으려고 몰려온 사람들이 수십 명인 것 같다. 연지 주변의 차량만 수십 대인데 모두 하나 같이 고가의 사진 장비들을 챙겨들고 저마다 사진 찍기에 열심이다. 사진으로 담고 싶은 연꽃을 찾아 이리저리 다니는 모습이 마치 연꽃의 꿀을 찾아 몰려드는 꿀벌 같다는 생각이 든다. 하긴 사진찍는 이들에

겐 이 여름철 연꽃 사진만큼 매력적인 주제도 흔지 않으리라.

전문 사진가들 틈에서 스마트폰으로 연꽃을 담으면서 다시 드는 생각이 사진을 잘 찍는다는 것, 또는 좋은 사진이란 어떤 것인가 하는 질문이다. 이 질문은 스마트폰으로 사진찍는 것이 내게 새로운 취미가 되면서부터 품어온 것인데, 아직 분명한 정의를 내리지 못하고 있는 것이기도 하다. 마음에 드는, 와닿는 사진 한 장을 얻기 위해 수십, 수백 장의 사진을 버려야 한다고도 한다. 세계적 사진작가로 명성이 알려진 어떤 이는 자기 평생에 바라던 사진을 몇 점도 얻지 못했다고 술회한 이야기를 들었던 적이 있다.

내게는 내가 만나 담고온 연꽃들이 모두 좋다. 그래서 찍어온 많은 사진들을 버리려면 아깝다는 생각이 든다. 아마도 이것이 전문가 또는 예술적 심미안을 가진 이들과 나처럼 보이는 모든 꽃들이 무조건 좋은 이들과의 차이인지도 모르겠다. 그런 생각 끝에 멋진 사진찍기에 여념이 없는 사진작가들 틈에서 오늘은 사진으로 잘 담겠다는 그 생각을 놓고 그냥 보이는대로 사진을 담기로 한다. 무심으로 사진 찍기, 찍어온 사진을 보니 아직도 유심이 여전한 것 같다.

비에 젖어 피고 지는

새벽 잠결에 빗소리를 듣는다. 봄가뭄이 어느 해보다 심했는데 늦게라도 이리 비가 오는 것이 반갑고 고맙다. 오늘 아침엔 비에 젖은 연꽃을 만나야겠다.

엊그제 정원님의 대학 동기 두 사람이 다녀가려고 왔다. 코로나로 한동안 함께 모이질 못하다가 이번에 연꽃과 수국도 볼 겸 온 것이다. 원래 네 명이 빨치산이란 이름으로 함께 산에 가는 것을 위주로 모였었는데, 몇 해전에 한 친구가 먼저 가는 바람에 내왕이 줄어들었다가 남은 세 사람이라도 다시 만나기로 해서 모임을 이어온 것이다.

빨치산들이 우리집으로 모이면 나는 기사와 가이드와 찍사^{사진사} 역할을 겸하게 되는데, 빨치산들은 이런 나의 노고를 당연하게 여길 뿐만아니라 노골적으로 맞먹으려고 할 때도 없지 않다.

세상에서 나를 이리 겁없이 대하는 이들은 아마도 정원님의 친구 뿐이라 싶다. 그러나 어찌하랴. 이제는 내치지 않고 함께 해주는 것만으로도 감지덕지해야 할 일이다.

첫날은 가까운 바닷가 찻집에서 노닐고, 어제는 거제의 수국축제에 들렸다. 수국은 그 상태가 예년에 비해 절반에도 못 미친다. 20여 년만의 가뭄 등으로 수국의 태반이 말라버렸기 때문이다. 갈수록 기후변화를 예측할 수 없으니 앞으로도 어떨지 모르겠다.

오늘 아침엔 빨치산들과 함께 빗속의 연꽃을 만나러 간다. 비에 젖은 연들과 눈맞춘다. 빗속에도 연꽃은 피고지고 있다. 천지자연이 하는 일이다. 잠시의 멈춤도, 한치의 어긋남도 없다. 오후에 비가 멈추고 빨치산들은 제주로, 서울로 다시 돌아간다. 늦가을쯤 지리산이나 한라산에서 만나기로 하며. 덕분에 함께 한 2박3일이 즐거웠다.

사랑이란 4

사랑이란 다가가는 것

아침 연지의 한 송이 연꽃 앞에

한 발짝, 한 뼘 더 다가가

오래도록 가만히 눈 맞추듯

네게로 가까이 한 걸음 더 다가가

네 숨결과 맥박 그 심장의 울림

온 존재 기울여

그리 또렷이 듣는 것

몸이 멀다면

마음으로 더 오롯이

22
07
13

천판묘련^{千瓣妙蓮}

날씨가 갑작스레 시원해졌다. 새벽의 열린 창으로 스미는 기운이 서늘하다. 소쩍새는 무엇이 그리 서러운지 밤을 새워 울고 있다. 그 울음소리에 일찍 일어나지 않을 도리가 없다.

오늘 아침에 김을규 선생의 농장에서 천판묘련을 꽃피우기로 해서 연지에 잠시 들렸다가 연꽃 모종을 키우고 있는 농장으로 갔다. 올해는 선생이 연꽃의 품종을 보존하고 있는 농장도 가뭄 때문에 물이 말라 가꾸어 왔던 연꽃들이 거의 고사했다고 한다. 그나마 천판묘련은 어렵게 보존해 왔는데 꽃 피울 때가 조금 지났다고 한다. 3대의 꽃봉오리 가운데 상태가 나은 꽃봉오리를 열어 꽃을 피운다.

천판묘련, 천 개의 꽃잎을 가진 천상의 꽃. 제 힘으론 꽃잎을 열 수가 없어 사람이 피워주어야 하는 꽃이다. 이 연꽃은 또한 다른 연꽃과는 달리 꽃술과 씨방이 없다. 그래서 수정을 할 수도, 씨앗을 맺을 수도 없다. 그러나 이 연꽃의 향기는 여느 연꽃보다 더 달고 깊다. 향기로 유혹할 벌나비가 필요없는데도 화려한 자태와 그윽한 향기를 갖추고 있는 것은 무엇 때문일까.

천상의 꽃이란 말처럼 하늘의 정원에 피어있던 꽃이 지상으로 내려왔지만 이 땅 위에선 중력의 무게로 스스로 꽃 피울 수 없게 되었는지도 모르겠다. 묘련妙蓮이란 이름은 그래서 얻은 것인지도 모른다는 생각이 든다. 아무튼 올해도 김을규 선생 덕분에 천판묘련을 꽃 피우는 자리에 함께 할 수 있어 고맙고 기뻤다. 해마다 연꽃 만남에 있어 천판묘련을 만나는 것은 내게도 매우 특별한 일이기 때문이다.

날마다 연꽃을 만나는 것을 하나의 의식이라고 할 수 있다면 천판묘련을 꽃피우는 의식은 그 정점이라 싶다. 김선생께서 꽃 피울 때가 조금 지났다는 2개의 꽃봉오리를 주시며 연꽃차로 우려 마시라고 하신다. 귀한 연꽃차를 선물 받았다. 언제 천판묘련 다회를 한번 가져야겠다.

가까이 하면 절로 닮아간다고 했으니 언젠가 내 안에도 저런 연꽃 하나 피울 수 있으면 좋겠다. 아침에 만난 천판묘련 앞에 다시 두 손을 모은다.

천판묘련千瓣妙蓮

어둠 밝히는 꽃등을 장엄할

천 개의 꽃잎을 위해

꽃술과 씨방 모두 내어놓아

씨앗 맺을 수 없는데도

그 향기 오히려 더욱 그윽하고

피워야 할 꽃잎 너무 많고

그 무게 너무 무거워

스스로는 꽃 피울 수 없어

누군가의 섬세한 손길 기다려야 하는

지상에서 몸을 푸는

천상의 꽃이여

22
07
14

들기름 메밀국수와
고려동 자미화紫薇花

어제 천판묘련을 보고와서 점심은 이웃마을 고려동에 사는 이원열 선생의 초대로 들기름 메밀국수를 먹었다. 이선생은 전직 방송인으로 십 수년 전에 고려동에 집을 짓고 텃밭과 정원을 가꾸며 지내왔는데, 최근엔 퇴직 후에 새로 시작한 문화재복원 공부와 지역 언론운동^{민언}^연에도 열심이다. 숲마루재와는 고개 하나 너머라 종종 커피콩을 볶어 온다. 커피를 좋아해서 원두를 사다가 로스팅도 직접하는 것이다. 지난 주에도 자기 집 정원의 자두나무에서 따온 잘 익은 피자두와 커피콩을 가져오면서 자신이 최근에 개발한? 들기름 메밀국수 맛자랑을 하며 우리 내외를 초대한 것이다.

이선생의 집이 고려동에서도 산자락 높은 곳이라 전망이 넓고 시원한데, 정원과 텃밭을 아주 잘 가꾸어 놓았다. 정원 잔디밭에도, 텃밭에도 잡초 한 포기가 없을 정도로 깔끔하다. 풀 속의 우리집과는 정반대이다.

오늘 주 메뉴인 들기름 메밀국수는 요즘 핫한 음식으로 알려져 있는

'고기리 들기름 메밀국수' 레시피를 참고하여 맛을 내었다는데 내 입에도 그 맛이 좋아 곱배기로 먹었다. 식후에도 커피를 내려오고 다식으로 과일과 유과까지 곁들어 푸짐하게 대접받고 텃밭에서 오늘 거둔 것이라며 챙겨주는 오이며 상치며 와송에다 갓볶은 커피콩까지 한 봉지 얻어왔다. 그

러나 농촌으로 돌아가는 길만이 이 시대의 유일한 살길이라며 귀농운동을 이끌어왔던 내게 비하면 아직 초보 수준?이라고 할 귀촌인한테서 이리 농작물을 그냥 얻어간다는 게 좀 계면쩍어 한 마디 하고 왔다.

　원래 텃밭을 가꾸는 건 초보자들이 잘 하는 것이고, 우리 텃밭은 작물

만 가꾸는 게 아니라 지구생태계를 생각하며 풀과 함께 가꾸는 것이라 비록 수확은 적을 지라도 나는 지구행성농사법^{이제껏 내 영농방식을 생태영성농업이라고 했는데 앞으로는 지구행성농법이라고 고쳐 불려야겠다}에 따른 것이라고. 사실은 이렇게까지 조리 있게 설명한 것은 아니지만 이선생도 내 말뜻은 대략 알아들었으리라 싶다. 아무튼 고맙다.

돌아오는 길에 오랫만에 고려동 유적지를 한 바퀴 돌아본다. 이곳 고려동 유적지는 고려 말 성균관 진사 이오^{李午} 선생이 고려가 망하고 조선왕조가 들어서자 고려의 유민으로서 절의를 지키기로 결심하고 이곳에 내려와 담을 쌓고 거처를 정해 고려 유민임을 뜻하는 고려동학이라는 비석을 건립했던 것에서 비롯됐다. 특히 이 고려동 유적지에는 오래된 배롱나무가 많은데 지금 그 꽃이 한창이다. '백일홍, 또는 목백일홍'이라고도 불리는 이 나무의 꽃은 여름 한철 백일 동안 붉게 피는 꽃으로도 유명한데 지금이 한창이다. 이 배롱나무를 한자명으론 자미화^{紫薇花}라고 한다는 것을 나도 여기서 처음 알았다.

이 자미화와 고려동과의 인연이 있어 마을에는 고려동학표비, 고려동 담장, 고려 종택과 함께 자미^{紫薇}라는 이름의 정자^{紫薇亭}와 단^{紫薇壇}도 있다. 가까이 이런 곳이 있으니 앞으로 자주 고려동 유적지를 핑계삼아 이선생 집에 들려 쉐프의 맛자랑을 함께 즐겨야겠다. 쉐프의 음식맛을 알아주는 이가 있어야 그도 또한 신명나지 않겠는가.

22 07 16

화과동시花果同時

아침 연지에 도착했을 때 기온이 22℃로 선선했는데, 연지를 한 시간 정도 걷고 나오니 기온이 28℃로 표기되어 있다. 한 시간 남짓 사이에 6℃나 오른 것이다. 아침부터 폭염의 기운이 느껴진다. 오늘 이 지역 예상 최고 기온은 36℃, 체감온도는 39℃이다.

연꽃의 여러 미덕을 표현하는 사자성어 가운데 나에게 특별히 더 다가오는 단어의 하나는 화과동시花果同時라는 성어이다. 꽃과 열매가 동시에 피고 맺힌다는, 또는 함께 있다는 뜻인데, 일반적으로 대부분의 꽃이 먼저 피고 그 꽃이 지면서 또는 진 다음에 열매를 맺는 것임에 비하여 연꽃은

69

꽃이 피면서 그 꽃 속에 자신의 열매인 씨방^{연밥, 연자방}을 함께 품고 있다.

꽃이 피어 이로 인하여 열매라는 결과를 맺는 것이라면 연꽃은 그 인^因과 과^果가 동시에 드러나 있는 것이다. 달리 말하면 흔히 삶과 죽음을 두고 이야기할 때 '태어났기에 죽을 수 밖에 없는 것'이 아니라 '태어남이 곧 죽음'임을 그대로 드러내고 있는 것이라고도 할 수 있다. 원인이 곧 그대로 결과인 것이다. 동시성이다. 불교의 연기와 인과의 원리도 이와 다르지 않을 것이라 싶다.

이곳 연지의 아라홍련이 700여 년 동안 잠들어 있던 연씨가 깨어난 것처럼 연꽃의 씨앗은 천년이 지나도 조건만 주어지면 반드시 싹이 튼다는 종자불실^{種子不失} 또한 우리의 생각과 말과 행위가 그대로 업^{까르마, 씨앗}으로 드러나는 것임을 일깨운다. 피해갈 길이 없다. 연꽃 앞에서 새삼 자신을 추스리지 않을 수 없는 까닭이다.

71

연꽃에 양해 구하기

요즘 거의 아침마다 연지로 나가 연꽃을 만나고 연꽃의 피고지는 모습을 폰사진으로 담으면서 최근에 든 한 생각이 그동안 내가 연꽃을 내 중심으로만 만나왔다는 것이었다. 생각해보니 내가 사진으로 담아온 연꽃에게 여태껏 한번도 제대로 양해를 구한 적이 없었다. 연꽃 앞에 맨발로 걸으며 삼가는 마음으로 다가가지만, 그렇게 그 연꽃 앞에 떨림으로 마주했지만 그것은 언제나 내 일방적인 만남이었다.

우리가 서로 마주한다는 것은 내가 볼 때 그도 나를 본다는 뜻이다. 그것이 만남일 것이다. 그러므로 내가 연꽃을 본다는 것은 곧 그 연꽃도 나

를 본다는 것이다. 그렇게 마주하며 만난 모습을 사진으로 담고자 한다면 응당 상대방에게 양해와 동의를 구하여야 하는 것이 관계의 도리라 할 것이다. 그렇지않고 내 일방적으로 카메라를 들이댄다면 그건 존재에 대한 합당한 예의가 아님은 분명하다.

어쩌면 지금 직면하고 있는 기후위기, 생태계위기란 다른 생명과 존재에 대한 우리의 무례, 그 예의를 잃은 것이 기본 원인일지도 모른다 싶다. 숲안내자숲해설가라는 표현을 나는 이렇게 고쳐 쓴다 교육 때 내가 강조하는 것은 숲과 그 숲을 이루는 나무나 풀 등 생태계의 지식을 익히는 것보다 더 우선하는 것은 숲과 관계하는 자세, 그 예의에 대한 것이다. 그래서 숲에 들기 전에 먼저 고하여 양해를 구한 다음 이에 대한 숲의 응답을 들으라고 한다. 이것이 숲을 방문하는 이의 기본 자세, 그 예의라 싶기 때문이다. 그럼에도 정작 내가 연꽃과의 만남에 있어 이 기본 예의조차 잊고 있었다는 사실을 뒤늦게사 자각한 것이다.

연지를 걷다가 눈에 띄는 연꽃 앞에 다가가 눈맞추며 인사나누고 양해구하기, 그럴 때 그 연꽃도 내게 더 깊게 다가오리라 싶다. 남은 여름 연지 방문에서 이 마음을 잊지 않기를 마음 모은다.

22
07
19

영양 삼지연三池淵의 연꽃

오늘 오전에 영양군 에코그린센터에서 귀농 예비자를 위한 3개월 과정의 현장 체험 프로그램에 강의를 부탁 받아 어제 영양으로 출발했다. 여기서 3시간이 좀 넘게 걸리는 거리인데, 오늘 오전 강의라 새벽부터 나서기보다는 미리 가는 게 편할 것 같았기 때문이다. 마침 그곳 센터에서 그리 멀지 않는 곳에 농민운동의 후배이기도 한 전 한살림연합 대표였던 송야 선생댁이 있어 거기 묵으며 수담도 즐길 겸 그리 나선 것이다. 지난 봄에도 그렇게 다녀온 적이 있는데, 내가 간다고 연락했더니 영양에도 연꽃이 좋은 못연지이 있으니 좀 일찍 와서 함께 가보자고 한다. 내가 연꽃을 좋아하는 것을 알고 그리 배려한 것이다.

숲마루재를 출발할 때는 비가 제법 많이 내렸는데, 영양에 도착하니 다행이 날이 개었다. 송야 선생의 안내로 삼지연三池淵으로 가서 그곳의 연꽃을 만났다. 영양의 삼지연이란 3개의 연못으로, 탑밑못塔低池, 원댕이못元塘池, 바대못坡大池을 말하는데 지금은 3연못이 따로 떨어진 형태로 되어 있지만 원래는 세 연못이 서로 이어져 있었다고 한다.

75

삼지못의 면적이 상당하다. 탑밑못만 하더라도 꽤 큰 연못이다. 이 세 개의 연지를 합하면 연꽃 단지의 규모면에서도 전국적으로 손꼽을 수 있으리라 싶다. 지금 이 연지에 연꽃이 한창이다. 오후 시간이라 새로 핀 연꽃이 꽃잎을 닫아 아쉽긴 했지만 피어있는 연꽃들이 다른 연지의 연꽃에 비해 더 크고 맑게 느껴졌다. 아마도 부들 등 다른 수초들과 어울리며 자라 야생 상태에 더 가까워서 그런 것 같기도 했다. 이 연지들을 조금만 더 관리해서 알린다면 영양군의 훌륭한 명소가 될 것 같았다. 연꽃을 좋아하

는 이들이라면 지금 다녀와도 좋으리라 싶다. 송야 선생 덕분에 이런 연지와 연꽃을 만날 수 있어 눈과 마음이 더 맑아진 것 같다.

돌아오는 길에 삼지리에 있는 화담고택에 들려 송야 선생의 대금연주를 들었다. 대금을 익힌지도 20년이 훨씬 넘었으니 이젠 대금 동호인들을 가르치는 수준이라 소리도 많이 익었다. 고택과 보호수인 오랜 회화나무와 마당의 연지가 어울린 풍경 속에서 해너미 시간에 듣는 대금 소리가

가슴에 깊이 스민다. 좋다. 이런 게 풍류라 싶다.

일월산 자락 계곡의 들머리 깊숙한 끝에 자리한 송야 선생의 한옥에서 늦도록 수담을 나누다가 안방에 마련해준 쾌적한 잠자리에서 한숨 푹 잤다. 이곳은 한 여름에도 선풍기 없이 잘 지낼 수 있는 곳이다. 송야 선생과 오늘 귀농이란 화두로 만난 인연들에게도 다시 감사드린다. 그리고 삼지연의 연꽃들에게도.

고성 생태학습관 연지

영양 삼지못의 연꽃을 만나고 온 다음에 드는 생각이 이곳 함안 연꽃 테마파크 뿐만아니라 근처의 가까운 다른 연지들의 연꽃도 함께 만났으면 좋겠다는 것이었다.

이왕이면 다홍치마라는 말처럼 가벼운 여행 기분도 내면서 연꽃도 함께 볼 수 있다면 이 또한 즐거움이지 않을까 싶은 욕심이 든 것이다. 백수라 달리 하는 일이 없으니 품을 수 있는 욕심이다. 웹서핑으로 찾아보니 이곳에서 한 시간 안팎의 그리 멀지 않는 거리에도 몇 곳의 연지가 소개되어 있다. 그 가운데 가장 가까운 곳이 고성생태학습관에 조성되어 있는 연지이다. 그래서 오늘 아침, 비가 흩뿌리는 가운데 나서서 도착하니 아직 이른 시간이라 그런지 연지엔 아무도 없다.

이곳 연지는 하수처리장을 만들면서 생태학습관을 짓고 생태공원과 함께 조성한 것인데, 자칫 혐오시설로 기피될 수 있는 곳을 이렇게 만들어 놓으니 좋다. 조성한지 얼마 되지 않은 곳이라 그런지 연꽃은 많이 피어나지 않았지만 연의 생육상태는 아주 좋아보인다. 연지 규모도 연꽃을 감상하고 즐기기에 적당하고 쉼터나 시설 관리도 잘 이루어지고 있어 앞으로 기대되는 연지라 싶다.

　연꽃을 만나는 사이에 비가 그치고 하늘이 훤하게 개었다. 마침 연지와 가까운 곳에 탈제작을 하면서 탈박물관을 만들었던 갈촌 선생 작업실이 있어 오랫만에 들려 차와 이야기를 나누었다^{갈촌 선생과 탈 작업장 관련 사진은 따로 소}^{개한다}. 갈촌 선생 가족과 함께 점심식사와 차를 나누고 상리의 제정구 선생 기념관 곁에 조성되어 있는 연지에도 들려 그곳에서 일반 연지에는 흔치 않는 황련^{黃蓮}도 만나고 왔다.

　경남 고성은 내가 태어나고 자란 고향이다. 빈민운동의 대부로 알려진 제정구 선생은 이곳 고향 중학교의 선배이자 같은 사건으로 구속되었던 동지이기도 해서 형과의 인연이 깊다. 탈 제작으로 일가를 이룬 갈촌 선생 또한 초기 농민운동을 함께한 오랜 동지이기도 하다.

　오늘 고향의 연지에 들려 연꽃을 보면서 오랜 기억들을 다시 소환한다. 부모님이 생존해 계시지 않은 고향은 아릿함이 함께 한다. 오늘 담은 연꽃에는 고향에 대한 내 마음도 함께 담겨 있을 지 모르겠다.

진주 강주연지

오늘 아침의 연꽃 방문지는 진주에 있는 강주연못이다. 숲마루재에서 남해안 고속도로를 달려 한 시간 남짓한 거리에 있는 오래된 연지로 경남지역의 대표적 연지 가운데 하나이다. 강주康州는 진주의 옛 이름으로 신라 시대부터 고려 시대까지는 그리 불렸다고 한다. 이 연지는 고려 시대의 강주 진영鎭營이 설치되었던 곳으로 조선시대에 들어 연밭으로 바뀌었다는데 연지 주변의 수령 6백 년의 고목 이팝나무를 통해서도 그 오랜 역사를 짐작할 수 있다. 지금 이 연지는 연꽃과 함께 연지 주변

의 오랜 고목들과 둘레에 조성된 쉼터 등으로 많은 이들이 즐겨찾는 연지
공원으로 되어 있다. 연꽃은 홍련의 단일 종으로 단조롭지만 둘레를 숲길
처럼 조성해 놓아 맨발로 걷기에도 좋고 연지 전체를 조망하는 풍광이 어
느 곳보다 빼어나다. 가까이 있다면 매일 아침 연향이 깔린 연지 둘레길
을 걸으며 사색하기에도 맞춤한 곳이리라 싶다. 두어 바퀴 연지를 걷고
난 뒤에 고성 쪽으로 차를 돌려 오두산치유숲에 들렀다.

수련^{睡蓮}을 만나다

경남지역의 알려진 연지 가운데서 고성의 상리 연꽃공원은 수련을 중심으로 조성된 아담한 연지이다. 사방이 산으로 둘러선 곳에 이 연지가 있다. 이 연지공원도 잘 가꾸어져 있고 분위기도 고요해서 머물며 연을 감상하기에 좋다. 연지 곁에 잘 가꾸어진 정원과 카페도 있어 한나 절 쉬어가기에 적절하다.

수련과 연꽃은 흔히 연^蓮이라는 이름으로 함께 쓰기도 하지만 둘은 다른 종이다. 수련과 연꽃의 두드러진 차이는 수련은 그 잎과 꽃이 물 위에 떠 있는 부수식물^{浮水植物}이라서, 잎과 꽃도 발수성이 없어 표면이 물에 젖는다. 반면에 연꽃은 잎과 꽃이 모두 물 위로 솟아 피어나는 정수식물^{挺水植物}로, 표면은 물이 스며들지 않게 하는 발수성이 있어서, 물이 묻지 않고 연잎 위에 방울로 맺힌다.

수련 가운데는 물 위로 약간 솟아나 피는 품종도 있는데, 이런 수련은 열대 수련이라고 한다. 우리나라 토종 수련은 모두 흰색 뿐이라고 하니 마치 우리 토종 민들레가 하얀 색인 것과 닮았다. 또하나의 중요한 차이

는 연꽃이 그 꽃 속에 연밥^{씨방}을 품고 있어 꽃이 지면 그 자리에서 연밥이 익어가는 것에 비해 수련은 그렇게 맺히는 열매가 없다는 점이다.

수련^{睡蓮}은 '잠자는 연^蓮'이란 뜻인데 꽃이 해가 뜨면 피었다가 해거름에 다시 꽃잎을 닫기 때문에 붙혀진 이름이다. 수련은 연꽃보다 한 달 정도 앞서 피어나는데, 꽃송이가 피어있는 개화기간이 며칠이나 되는지는 잘 모르겠다. 그러나 연꽃보다는 훨씬 오래 가는 것 같다. 몇 해 전에 수련 화분을 집에 가져다 놓았는데 꽃이 피기도 전에 고라니가 내려와 뜯어 먹어 그 뒤로 집에서 수련을 즐기고자 하는 욕심을 접었기 때문에 관찰의 기회가 따로 없었다.

수련과 연꽃은 꽃말도 다르다. 수련의 꽃말은 '청순한 마음, 순결'인데, 연꽃의 꽃말은 '소외된 사랑, 신성, 청결, 당신은 아름답다.'라는 의미라고 한다. 수련의 꽃 색깔은 연꽃에 비해 훨씬 다양하고 화려한 편이다. 그만큼 사람들 곁에서 관심을 받으며 개량된 것이라 싶다.

수련과 연꽃은 드려내는 아름다움과 기품이 서로 다르다. 어떤 꽃이 더 와닿는가는 저마다 취향이겠지만 나는 아무래도 연꽃에 마음이 더 끌린다. 이 말은 수련을 좋아하지 않는다는 의미는 아니니 수련에게는 전하지 않는 게 좋겠다.

22 08 05

다시 연지에서

거의 보름 만에 다시 연지에 왔다. 연지의 풍경이 뭔가 달라져 보인다. 피어있는 연꽃보다 연밥으로 맺혀있는 것이 더 많이 눈에 띄기 때문만은 아닌 것 같다. 스마트폰으로 연꽃을 담는 것도 조금 낯설어진 것 같다. 한 보름 떠나있었기 때문일까. 아니면 내린천 계곡과 숲에서 내 정신이 아직 여기로 온전히 돌아오지 않은 까닭일까.

대지의 사람, 북미 인디언들은 말을 달릴 때 한 번씩 멈추어 선다고 한다. 자신의 영혼이 빠른 말을 따라오지 못할까 기다리기 때문이라는 것이다. 어쩌면 연꽃 앞에서의 내 설레임이 그사이에 무뎌졌기 때문일지도 모르겠다. 큰 카메라 장비로 연꽃을 찍던 분이 연꽃 사진을 찍기엔 좀 늦은 것 같다고 말한다. 그럴지도 모르겠다. 이 연지의 연꽃도 이젠 저물고 있다. 때 이르게 피기 시작했으니 저무는 것도 빨라지는 것이리라. 그러나 저물고 있는 이 연꽃 앞에서 다시 첫 마음, 그 첫 만남의 설렘으로 돌아야 하리라. 피는 꽃의 아름다움처럼 지는 것들 속에서도 아름다움은 피어날 것이니.

22 08 06

숨어서 피는 연꽃

아침에 연지로 가면서 오늘은 그냥 연꽃만 만나고 연꽃 사진은 담지 않기로 한다. 그동안 연꽃을 사진으로 담는 것에만 너무 마음 두었다는 생각이 들었기 때문이다.

이 또한 집착일 수도 있다 싶었다. 그래서 연꽃을 스쳐 지나는 바람처럼 담아서 나누겠다는 그 마음 없이 그냥 바라보고 싶었다.

연지에 도착하여 연꽃과 마주하는 순간 나도 모르게 저절로 연꽃 앞에 스마트폰을 가져가고 있었다. '스톱!', 연꽃 앞으로 다가가는 손길을 멈추라고 말한다. 익숙해져 버릇처럼 반응하는 무의식적인 행위를 멈추게 하는 명령이다. 유물론적 오컬트 교의를 창시한 구르지예프^{Georgii Ivanovich Gurdzhiev}가 제자들을 일깨우기 위해 즐겨 쓰던 방식이었고, 인도의 철학자 라즈니쉬^{Osho Rajneesh}도 이 방법을 적용한 동적명상을 개발하기도 해서 널리 알려진 기법이라고 할 수 있다.

연꽃을 향해 다가가던 멈추어진 내 손길과 스마트폰으로 담고자 한 연꽃을 바라본다. 그 순간 연꽃이 자신의 모습을 담아가도 좋다고, 담아가

89

라고 한다. 이런 생각이 또한 유혹임을 안다. 그러나 애써 뿌리칠 것도 없다는 생각에 사진으로 담는다. 대신 연꽃 사진을 담되 오늘은 연잎 사이에 피어 있어 잘 드러나지 않는 연꽃을 중심으로 하기로 타협한다. 그동안 내 시선이 주로 드러나 눈에 잘 띄는 연꽃에 가 있었기 때문이다.

숨어서 피어 있는 연꽃들에 눈 맞춘다. 사실 이 연꽃들도 숨어서 피는 것이 아니라 연꽃보다 연잎이 더 웃자라 그 연잎에 가려진 꽃들이다. 어제 보름 만에 돌아본 연지가 잠시 낯설게 느껴졌던 것도 연꽃보다 연밥이 더 많아진 풍경 때문이기도 하지만 연잎이 그사이에 더욱 무성해진 까닭이라 싶다. 지금 키 높이로 자란 푸른 연잎이 온 연지에 가득하다. 연밥과 연잎으로 가득한 모습 또한 좋다. 연지의 팔월은 연잎과 연밥의 계절이라 해도 좋겠다.

입추^{立秋}, 폭염 속의 연꽃

덥다. 연지를 한 바퀴 돌아와 보니 어느새 기온이 29℃를 가리킨다. 아직 8시도 안 된 시각의 온도다. 어제 이곳은 한낮 최고 기온이 36℃, 체감온도는 44℃였다. 유난히 여름을 타고 땀을 많이 흘리는 체질 탓인가. 그냥 가만히 앉아 있어도 땀이 절로 흐른다.

집, 숲마루재가 숲 그늘 속에 있긴 하지만 여전히 덥긴 마찬가지다. 이 더위에 바깥에서 일하는 사람들은 어찌 견딜까. 지구온난화로 갈수록 더워지는 현 상황을 불타는 집으로 비유한 것에 절로 수긍이 간다. 문제는 더위를 견뎌내는 것에만 있는 게 아니기 때문이다. 절기로 오늘이 입추다. 24절기 가운데 열세 번째 절기. 한여름 속에 가을이 들어섰다. 절기상으로 보면 오늘부터 입동^{立冬}인 11월 7일까지 석 달 동안이 가을인 셈이다. 기후비상사태에서도 절기가 맞을 것일지 모르겠다.

제법 오래전인 96년 입추 날인 오늘, 한 공개 매체에 '한 인연을 정리하면서'라는 제목의 유서를 게재한 적이 있었다. 일종의 '공개 유서 쓰기'를 제안하면서 썼던 것인데, 별다른 호응이 없어 나 혼자 쓰는 것으로 끝나고 말았다. 그때 그 첫머리에 이렇게 썼다.

> 입추立秋, 여름 속에 가을이 시작되는 날이다. 무더위가 기승
> 을 부리고 한여름이 익어가는 가운데서도 계절은 이미 다른
> 절기로 바뀌고 있는 것이다. 천지운행의 기운이 한 절기로
> 옮겨가는 오늘 같은 날은 지난 삶을 되돌아보며 한 생을 정
> 리하기에 좋은 날이다.

돌아보면 공개 유서를 썼던 그때나 지금이나 이번 생에 대한 내 생각
과 마음은 크게 다르지 않다는 생각이 든다. 다만 세상을 바라보고 대하
는 내 마음과 태도가 조금 달라졌을지도 모르겠다. 그때는 세상이 보다
단순 명확하게 보였는데, 갈수록 그 경계가 흐릿해지고, 알 수 없다는 생
각이 더욱 늘어가기 때문이다. 내가 마치 무엇을 아는 것처럼 말하다가도
'그것이 정말로 그렇다는 것을 어떻게 확신할 수 있는가?'라는 내 내면의
물음 앞에선 내가 안다고 했던 것은 다만 나의 한 생각뿐이었음을 자인할
수밖에 없기 때문이다.

무지無知와 부지不知, 모른다는 것과 알 수 없다는 것이 갈수록 절감된다.
내가 무엇을 안다고 할 수 있는가. 이것이 자신의 진정한 고백일 것이다.
그럼에도 다른 사람 앞에선 여전히 무엇을 아는 체하는 오랜 버릇이 남아
있음을 본다. 그래서 갈 길이 아직 남았는지도 모르겠다.

입추의 아침, 대지를 달구며 떠오르는 해와 마주한 연꽃을 나눈다. 이
염천 더위가 연꽃을 저리 환하게 피어나게 한다.

여명의 연지에서

새벽에 잠이 깨어 여명의 연지에 왔다. 아직 동이 트지 않는 시각, 연꽃은 벌써 깨어났는지 연지에 연향이 가득하다. 멀수록 더 깊게 느껴진다는 연꽃 향이 맑고도 깊다. 이 향기를 맡을 수 있는 것만으로도 고맙고 충분한 아침이다. 잠시 아침 붉새^{노을}가 비치더니 하늘은 짙은 구름으로 뒤덮인다. 오늘은 소나기가 한 줄기 내릴 모양이다.

연지의 연꽃이 어제보다 많이 줄어든 것 같다. 하룻밤 사이에 그리 진 것일까. 아마도 꽃이 서둘러 지고 있다는 내 생각 때문이리라. 절로 한숨 짓다가 문득 저 연꽃도 자신이 빨리 지고 있다는 것에 한숨지을까 하는 생각이 든다. 연꽃이 아니라고 하는 것 같이 느껴진다. 꽃이 지는 게 아니라 연밥으로 익어가기 때문이다. 꽃잎을 떨군 자리마다 연밥이 맺어 튼실하게 여물고 있다. 알을 깨고 새가 태어났다고 알이 서러워할 까닭이 없는 것처럼 연꽃이 연밥으로 바뀌었다고 꽃잎이 서러워할 까닭이 없지않겠는가.

삶과 죽음도 이와 같은 것일까. 내 한숨은 덧없이 떨어지는 저 꽃잎과의 동일시에서 온 것임을 안다. 그러나 머리의 이 생각과 한숨짓게 하는 가슴의 느낌 사이에는 아직도 건너야 할 간극이 남아 있음을 어찌할 수 없다.

연밥에서 검게 여문 연씨 몇 알을 담아온다. 이 연씨가 어느 다른 연못에서 다시 환하게 피어날 것을, 그렇게 향기로운 한 세계가 열리는 것을 그려본다.

백련지의 연꽃 모두 지고

백련지의 백련은 모두 다 졌다. 어제까지 보이던 두 송이의 연꽃도 오늘 모두 꽃잎을 떨구었다. 너른 백련지 전체에 한 송이 연꽃도 보이지 않고 새로 돋아나는 꽃대도 보이질 않는다. 올해 백련지의 연꽃은 벌써 다 저물었는가. 칠팔월이 연꽃 개화의 절기인데 유월부터 일찍 꽃을 피우더니 아직 팔월 초순인데도 백련지의 백련은 한 송이 꽃도 남김없이 다 저버렸다. 먼저 피었기에 먼저 진 것일까. 우주에는 어떤 총량의 법칙 같은 것이 있는지도 모르겠다. 모든 존재물이 저마다의 에너지가 정해져

있어 그만큼 꽃을 피우고 열매 맺는 것일지도 모른다.

　그러나 모를 일이다. 우주의 탄생과 생명의 기원이 그러하듯 모든 창발은 우연과 필연 너머로 빚어지는 것이니. 아직 복더위도, 필월도 남았으니 그 사이에 이 연지에서 다시 환하게 백련이 피어날지도. 백련지 곁의 홍련지에도 연밥이 가득하지만 아직도 피어있는 연꽃과 돋아나는 꽃대도 제법 보인다. 홍련이 백련보다 꽃을 더 오래 피우는 것 같다. 눈에 띄는 홍련 앞에 다가가 사진으로 담는 사이에 꽃잎이 툭하고 떨어져 내린다. 떨어지는 꽃잎이 연잎에 부딪히는 소리가 제법 크게 들린다. 한 잎이 떨어지자 두세 잎이 함께 떨어져 내린다. 마치 다투어 뛰어 내리는 것 같다. 미련없이 진다는 것이 저런 모습일까. 그런 모습에서 숭고미 같은 게 느껴진다. 꽃이 지듯 아름다운 마무리를 생각한다.

귀화한 연꽃들

어제는 5시 22분에 첫 매미가 울었다. 그리고 그 울음이 한참 계속 된 뒤에 여러 매미들이 함께 울었다. 오늘은 5시 35분에 매미의 첫 울음 소리가 들리더니 곧 이어 매미들이 떼지어 합창한다. 오늘이 어 제보다 더 늦은 까닭이 무엇일까.

어제 저녁부터 밤기온이 달라졌다. 열린 창으로 느껴지는 바람의 기운 이 사뭇 다르다. 입추를 지났기 때문일까. 서울이 물난리가 났다는데, 그 런 영향 때문일까. 텔레비전과 신문을 보지 않은지도 오래라 수도 서울이 물바다가 되었다는 것도 뒤늦게 알았다. 인터넷으로 찾아보니 100여 년 만의 큰 호우라고 하고, 이로인해 큰 재난 속에 목숨을 잃은 사람들도 여 럿이다. 이번에도 사회경제적 약자가 환경재난 상황에서도 가장 큰 피해 자라는 것이 다시 아프게 확인되었다.

기후위기라는 용어 대신에 기후비상사태라고 선언한지도 제법 되었는 데도 우리 사회와 이 나라의 정치는 여전히 눈과 귀를 막고 외면하고 있 다. 그러나 피해갈 길은 없다. 어찌할 것인가. 쓰나미처럼 밀려오는 재난

이 선명히 그려지는데도, 사람들 대부분은 무심한 듯 보인다. 두려움이 없는 것일까. 둔감한 것일까. 일상의 삶이 고단하여 두려움을 애써 감추고 지내는 것이라 싶다. 절박하고 답답하고 무력하여 절로 한숨짓지 않을 수 없다.

6시 23분, 창문 가까이서 멧비둘기소리가 구슬프게 들린다. 어릴적에 할머니는 저 울음소리를 한꺼번에 처자식을 잃고 어떻게 살 것인가 하고 탄식하는 홀아비의 애절한 소리라 하셨다. 난리통이었을까, 오랜 기근 때문이었을까. 다른 날보다 늦게 연지에 간다. 어제 예초기작업을 무리하게 했더니 아침에도 몸살처럼 온몸이 무겁다.

연지의 하늘이 낮게 앉아 있다. 서울이 물난리였는데도 이곳엔 며칠 동안 비소식이 없었다. 네 시간이면 전국 어디에든 가닿을 수 있는 이 좁은 땅에서도 날씨의 변화가 이리 다르다. 연꽃은 변함없이 환한 얼굴로 맞이하고 있다. 가림없는, 분별하지 않는 사랑이 저런 것이라 싶다. 문득 해월 선사의 대인접물편에 있는 말씀이 떠오른다.

> 사람을 대할 땐 언제나 어린아이 같이 하고 항상 꽃이 피는 듯이 얼굴을 가지면 가히 사람을 융화하고 덕을 이루는 데 들어가리라.
>
> 待人之時如少兒樣 常如花開之形 可以入於人和成德也.

'항상 꽃이 피는 듯한 얼굴', 그 얼굴 앞에 얼어있던 가슴도 봄눈 녹듯 절로 열리지 않을까. 저 수피 시인 루미도 같은 뜻을 이렇게 말했다.

언제 어디서나 만인의 연인戀人으로 있으라.

　오늘은 연지의 외국에서 들어온 연을 따로 모아 놓은 곳에 피어 있는 연꽃을 중심으로 담는다. 왜래종이라고들 하는데, 귀화연이라 하는 게 맞으리라 싶다. 나는 꽃과 만날 때, 다만 그 아름다움에 더 오롯하고자 할 뿐, 고향이나 국적을 묻지 않는다. 이 땅에 뿌리 내리고 있다면 고향이 어디인들 모두 이 땅의 존재가 아닌가.

　이 연꽃들마다 명패가 꽂혀 있다. 우리 연꽃보다 키가 작고 꽃은 더 다양하다. 여기엔 아직 백련도 피어 있다. 이 연꽃들 또한 아름답다. 이 땅에서도 깊게 뿌리내려 길이 환하게 피고지기를.

미색米色 연꽃

어제 오후부터 이곳에도 비가 내리기 시작하더니 새벽까지 조용히 내렸다. 이 비가 서울과 중부지역에 물폭탄을 퍼부었다는 그 호우의 여파인지도 모르겠다. 내게도 호우로 인한 재난, 수해에 대한 아픈 기억이 있다.

초등학교 4학년 때인 1959년 9월, 추석날 새벽에 밀어닥친 사라호 태풍 때 간척지 곁의 낮은 지역에 있던 우리집이 홍수로 처마까지 물에 잠겨 완전히 무너졌기 때문이다. 그 뒤로도 어렵게 다시 세운 집이 여러 차례 물에 잠겼다. 상습 침수지역이었지만 다른 곳에 터를 구할 형편이 못 되었던 까닭에 큰비만 내리면 가슴이 졸아들기를 반복했다.

세간살이가 전부 흙탕물에 잠기고 잠 잘곳이 없어 온 식구가 남의 집 아랫 칸을 전전하기도 하였고 한 때는 일년 넘게 산에 움막을 치고 살기도 했다. 지금도 수해로 인한 이재민들의 소식을 들으면 물난리로 인한 이런 기억들이 아픔처럼 떠오른다. 화마보다 수마가 더 무섭다는 것을 실감했기 때문일 것이다. 이번 호우로 어려움에 처한 이재민들이 다시 굳건히 일어서기를 마음 모은다.

연지의 둘레길은 밤새 내린 비에 젖어 맨발 걷기에 좋다. 마른 땅과는 그 느낌이 확연히 다르다. 촉촉한 땅을 맨발로 만나는 즐거움이 크다. 백련지에 백련은 모두 지고 없지만 여러 홍련을 모아놓은 연지엔 미색의 연꽃이 드문드문 피어 있다. 미색*色이란 나락의 겉껍질만 벗겨 낸 쌀의 빛깔과 같이 매우 엷은 노란색을 일컫는 말이다. 영어로는 흔히 아이보리Ivory, 또는 크림Cream색이라 부르기도 한다. 이 미색의 연꽃은 백련과 황련의 중간색의 연꽃이라고 할 수 있을텐데, 백련과는 다른 품종인 것은 분명하다. 이런 색의 연꽃을 무엇이라고 부르면 좋을까. 오늘은 그 미색 연꽃, 아이보리 연꽃을 담아 나눈다.

지상에 한 송이 연꽃

어제 담아 나눈 미색^{*色}련을 미련^{*蓮}이라 부르기로 한다. 백련, 홍련, 황련, 청련 등 연꽃의 이름이 모두 두 글자로 이루어진 것들이니, 이 미색련도 미련이라고 하는 게 괜찮다 싶어서다.

모든 연꽃을 그 색깔로 나누어 부르다 보니 문득 청련^{靑蓮}, 하늘과 바다 빛을 닮은 그 연꽃을 아직 보지 못했다는 생각이 든다. 청련은 백련과 함께 남방에 흔한 연꽃이라고 하는데, 인도와 동남아도 여러 차례 다녀 보았으니 사원과 함께 있는 연지에서 이 청련도 보았으리라 싶지만 내 기억 엔 그 모습이 남아 있지 않기 때문이다. 기억되지 않는 것은, 의식으로 감지할 수 없는 것은 내겐 존재하지 않는 것과 같은 것이다. 언제 이 청련을 만나는 여행을 그려본다.

어제 본 미련^{*蓮}에 미련이 남았는가. 아침 연지에서 눈이 절로 그 미련 에 가닿는다. 그래서일까. 미련이 한결 더 아름답고 기품이 있게 느껴진 다. 향기도 더 깊은 것 같다. 관심을 둔다는 것이 곧 대상의 아름다움을 깨어나게 하는 것임을 자각한다. 주의^{注意}를 보내는 것이 오롯하게 에너지

를 보내는 것이라면 그 에너지가 대상을 환하게 피어나게 하기 때문이리라. 사랑한다는 것은 곧 관심을 둔다는 것이고 그것은 그 대상에 오롯하게 주의를 모으는 것임을 생각한다. 세상을 아름답게 하고자 한다면 먼저 아름다운 것에 주의를 보내야 하는 것은 이런 까닭일 것이다.

미련 앞에 한 걸음 더 다가가 자태를 담다가 문득 이 지상에 한 송이 연꽃만 남아 있다면, 아니 이 연지에 지금 마주한 이 연꽃만 남아 있다면 하는 생각이 스며든다. 남은 한 송이 앞에 나는 어떻게 할까. 내가 할 수 있는 것이란 떨리는 가슴으로 더 깊게, 더 오롯하게 만나는 것이 그 전부일 터이다. 그리고 그 모습을 기억하기 위해 더 정성껏 위치와 렌즈의 각도를 달리하며 사진으로 담을 것이다. 절실함으로 담기, 생각해 보면 지금 마주한 이 연꽃이 이 연지의 오직 한 송이인 그 연꽃이고 이 지상에 남아 있는 그 마지막 연꽃이기도 하다.

모든 존재가 다 그렇다. 오직 한 존재인 것이다. 그러므로 그 존재를 담기 위해선 그만큼의 절실함이 또한 있어야 하는 것이다. 그럼에도 매번 자명한 이 사실을 잊고 지내기가 다반사임을 새삼스레 자각한다. 오늘 아침 연지에서의 단상이다. 이 마음이 오늘 나누는 연꽃에도 담겨 있으면 좋겠다.

천판묘련차 千瓣妙蓮茶 를 맛보다

지난번에 천판묘련을 보존하고 계시는 김을규 선생으로부터 차로 맛보라며 주신 두 송이의 귀한 꽃봉오리를 냉동시켜 두었다가 어제, 8월 숲마루재 공부모임에서 나누어 맛보았다. 6년 과정의 차 관련 공부와 수련과정을 마친 전문 다예사이기도 한 아침숲 님이 연꽃차에 필요한 다구들을 챙겨와 얼어 있던 천판묘련의 그 숱한 꽃잎들을 하나씩 차례로 열어 묘련차를 맛볼 수 있었다.

나는 물론이고 다예사인 아침숲 님조차 이런 연꽃차는 처음 맛본다는데, 그 맛이 여느 연꽃차와는 상당히 다른 것 같다. 이 연꽃차 자체의 맛은 은은하여 그리 강하지 않지만 거기에 녹차를 더한다든지, 연잎차를 더하면 오히려 녹차나 연잎차의 맛은 사라지고 묘련차 고유의 맛과 향이 더 짙어지는 것이다. 함께 맛을 음미한 도반들의 공통된 느낌이었다.

천판묘련차는 그 이름처럼 꽃만이 아니라 차맛 또한 묘하다는 생각이 든다. 천판묘련을 본 이도 드문 편이니 이런 차맛을 본 이들은 거의 없으리라 싶다. 덕분에 희귀한 차맛을 음미할 수 있었다. 아쉬운 것은 냉동보

관한 때문인지 꽃잎 본래의 연자주빛이 거의 사라졌다는 점이다. 내년에
도 천판묘련을 얻어올 수 있다면 얼리지 않고 바로 차맛을 볼 수 있도록
'천판묘련차 번개모임'을 갖자고 팽주인 아침숲 님이 제안한다. 그러면
좋겠다. 그 빛과 향을 제대로 음미할 수 있겠다.

지금 도반들과 한 달에 한번 씩 모여 읽고 있는 책은 『우주이야기』이다.
'태초의 불꽃에서부터 생태대까지, 총체론적 우주론!'이란 부제를 단 이
책은 이 시대의 저명한 생태신학자이자 문화사학자인 토마스 베리Thomas
Berry 신부가 들려주는 우주의 생성과 진화 이야기이다. 우주론적 생태신
학자인 토마스 베리의 생태사상의 핵심이 담긴 책으로 소개되어 있다.

지구 생태계의 한 종인 인간호모사피엔스이 이제는 지구의 지질학적 연대까
지 결정하게 된 상황에서 우리는 어디로 가야할 것인가를 이 우주의 역사
를 통해 밝히고 있다. 역사해석방법론을 사용하여 우주의 역사와 지구의
역사와 인간의 역사를 통찰한 후, 현대의 생태계 위기에 대한 진단을 내
리고 있는 것이다. 지구의 새로운 지질학적 연대를 생태대이어야 한다고
주장하는 근거가 여기에 있다.

우주의 이야기는 결국 인간의 이야기이며, 그것은 내가 어디서 왔고 무
엇을 해야하며 어디로 가야하는지에 대한 이야기라 할 수 있다. 우주의
탄생에서부터 초신성과 은하수 은하의 단계까지가 전문적인 지식과 이
해가 필요한 장들인데, 다행히 각 장의 발제를 맡은 도반들이 열심히 공
부하여 나 같은 문외한도 이해하기가 한결 수월하다. 마침 이 달, 팔월에
내 생일이 들어 있다는 것을 아는 도반들이 생일이 지났음에도 뒤늦은 생
일축하 자리를 마련했다. 사실 나는 생일에 대해 별다른 의미를 두지 않
고 있는데, 생일이란 낳아주신 부모님께 대한 감사의 날이라 할 수 있을

것인데, 양친이 안 계시니 더욱 그렇다. 생일이라고 부산과 합천의 도반들이 특별히 수수팥떡을 가져오고 다른 이들도 과일과 빵과 유부초밥과 김밥 등을 챙겨온데다가 마침 큰 애가 보낸 떡케익까지 곁들어 푸짐하고 멋진 생일축하상이 마련되었다.

더구나 공부 도중에 진영의 미리내 님 부군이신 황선생께서 그날 바다에 나가 물질하여 막 건져올린 개조개 등 해산물을 한 자루 가득 가져오셨다. 수심 4~5m 깊이까지 잠수하여 모래펄 아래 2~30㎝를 손으로 파내어 그 속에 묻혀 있는 조개를 잡아 온 것이다. 지난 번에도 황선생이 건져오신 해삼을 모두 맛있게 나누어 먹었는데 이번에도 그렇게 선물을 들고 오셨다.

생일축하를 위한 공연을 준비했다며 공부모임의 반장 역할을 하고 있는 빈잔, 여울 님 내외가 나와 축하노래를 불렀다. 첫 노래가 '하얀 그리움'이고, 앵콜송이 영화 첨밀밀의 주제곡이었다. 오늘 축하공연을 위해 부부가 한달 동안을 준비했다는데, 들어보니 그럴 만 했다. 다음 모임에선 스페인 노래를 부르겠다고 하니 더욱 기대된다. 도반들 덕분에 과분한 대접을 받는다. 고맙고 송구스럽다. 분수를 넘는 대접인 줄 알지만 챙겨주는 마음이 고맙다. 가슴이 따쓰해진다.

(조금 전에 냉장고를 열다가 지금 뒤늦게 확인한 것인데, 어제 우려 마신 천판묘련차는 올해의 연꽃이 아니고 지난해에 보관해 두었던 연꽃이었다. 잘못 알고 그리된 것이다. 연꽃의 색깔이 그리 바랜 것은 냉동상태가 오래되었기 때문이었다. 다음달에 천판묘련차회를 다시 가져야겠다.)

연꽃과 연밥

오늘은 조국 광복 77주년 기념일이자 올여름 삼복더위의 마지막인 말복末伏이다. 해방 후에 태어난 세대로서 일제 치하를 경험하고 식민지에서 해방된 광복의 기쁨을 그려볼 뿐 절실히 체감하지는 못한다. 경험과 유리된 내 인식의 한계이다.

광복 77년의 역사는 말 그대로 파란만장과 기적 그 자체였다는 생각이 들 때가 많다. 해방정국의 극심한 좌우 이념 대결과 혼란, 미국과 소련에 의한 조국 분단과 이로 인한 민족상잔의 전쟁, 그리고 그 전쟁의 폐허 위에 이루어진 산업화와 민주화의 실현. 돌아보면 한 맺힌 염원이었고 피땀이었고 기적이 아닐 수 없다. 그런 생각만으로도 가슴이 뭉클해지고 지금의 우리 처지에 절로 감사하게 된다. 그러다가도 지금의 정치판을 보면 한숨이 절로 나오고 고개가 흔들린다. 한 마디로 쓰레기들의 난장판이다. 누가 나서서 이 쓰레기들을 청소할 수 있을까. 생각만으로도 마음이 불편해진다. 텔레비전과 신문을 보지 않는 것이 얼마나 다행인가를 생각한다.

이젠 연지에서 연꽃만을 사진으로 담기가 어려워졌다. 연밥들이 대부분이고 피어있는 연꽃도 연밥과 함께 있기 때문이다. 그동안 내 시선, 주의注意는 거의 연꽃에만 가 있었다는 생각이 든다. 연밥 또한 연꽃의 다른 모습이 아닌가. 연꽃을 사랑한다면 연밥의 모습을 또한 사랑해야 하리라. 연꽃의 아름다움처럼 연밥의 아름다움에도 마음을 모아야겠다고 생각한다. 그런 생각 끝에 오늘은 연꽃과 연밥이 함께 있는 모습을 담는다.

꽃이 피어있는 모습과 꽃이 진 그 자리에 연밥으로 남아 모습이 서로 잘 어울리는 것 같다. 꽃이 피어있는 것과 꽃이 진 후의 모습이 삶과 죽음처럼 대비되는 것은 아니지만 크게는 다르지 않을 것이라 싶기도 하다.

살아 천년, 죽어 천년이라는 저 주목이나 구상나무처럼 삶과 죽음의 모습이 또한 그렇게 아름다울 수 있으면 좋겠다.

연지의 걷는 길 주변의 손닿을 수 있는 연밥들은 모두 훼손되어 있다. 연밥 속의 연실蓮子를 얻기 위해 그렇게 한 것이다. 그런 모습이 보기 좋지는 않지만 누굴 탓할 수는 없다. 내 손길도 거기에 가담했기 때문이다. 지인이 연씨연자를 부탁하여 연밥에서 연씨를 빼어내느라 연밥을 깨뜨린 것이다.

내가 구한 이 연씨가 지인의 연지에서 다시 환하게 피어난다면 그때는 내 손길의 무례를 용서해주시리라 믿는다.

첫 마음을 생각하며

아침 하늘에 먹구름이 가득하다. 조만간에 비가 쏟아질 것 같다. 6시가 조금 지난 시각인데도 기온은 29℃를 가리킨다. 그러나 햇볕이 없고 바람이 부니 체감온도는 다른 날보다 한층 낮다.

연지의 풍경도 하늘빛처럼 우중충한 것 같다. 저무는 것들의 풍경인가. 오늘따라 눈에 두드러지게 다가오는 연꽃이 거의 없다. 연꽃들이 어제 본 모습이나 다를 바 없이 느껴지니 사진으로 담는 일도 별로 신명 나지 않는다. 새로움, 연꽃이 그 아름다움을 잃어버린 것인가. 연꽃 앞에 두근거림으로 다가가던 그 설렘이 어느새 무뎌진 것인가.

문득 내가 오늘 처음으로 이 연지에 와서 이 연꽃 앞에 섰다면 하는 생각이 스친다. 그랬더라면 나는 지금 이 연꽃 앞에 숨을 멎고 마주했으리라. 연지는 지금 연밥들로 가득하지만 그래도 피어있는 연꽃들은 여전히 맑고 아름답고 향기롭다. 내가 찬양하고 찬탄하던 연꽃의 그 미덕은 그대로인 것이다. 연꽃이 아름다움과 향기로움을 잃은 것이 아니라, 변한 것은 어느새 무디어진 내 감각, 내 마음 때문임을 돌아본다.

깨어나기, 깨어있기란 결국 익숙해지고 습관화된 것에서 벗어나기가 아닌가. 하늘 아래 어느 것 하나 새롭지 않은 것이 없음에도 버릇된 그 마음이 새로움을 새롭게 보지 못하게 하는 것이리라. 신성무라고도 하는 구르지에프 무브먼트에서 하나의 동작이 익숙해지려고 하면 그 즉시 다른 동작으로 바꾸는 것은 버릇됨, 기계처럼 자동적으로 반응하는 것으로부터 깨어나기 위한 것이다.

다시 마음을 추슬러 연꽃 앞으로 다가간다. 이 연꽃은 이번 생에서 오늘 처음 만난 그 연꽃이다. 이 지상에 오직 한 송이 그 연꽃과 지금 마주하고 있는 것이다.

어쩌면 지금 이 만남을 위해서 온 우주가 함께 한 것일지도 모른다고 한다면 너무 과장된 표현일까. 진실은 모든 만남이 우주적 사건인 것이다. 우주의 탄생에서부터 한 생명, 한 존재가 여기에 있는 것, 그 모든 것이 기적이고 신비이고 우주적인 사건이기 때문이다. 삶이 곧 기적이고 신비이며 일용행사日用行事가 모두 도道가 아닌 것이 없다는 말씀이 이런 뜻이라 싶다. 첫 마음, 처음 이 연지에서 연꽃과 마주하며 설레고 떨렸던 그 첫 마음과 첫 느낌으로 이 연지의 마지막 연꽃 앞에도 서야 하리라.

잔뜩 웅크렸던 하늘에서 기어이 빗방울이 돋는다. 툭툭하고 연잎에 부딪히는 소리가 좋다. 이 또한 특별한 연주이다. 연향이 나직하게 깔린 연지에서 연잎에 부딪히며 울리는 빗소리를 듣는 것, 오늘 아침의 특별한 선물이다. 감사드린다.

젖은 땅을 걷다

어제 오후부터 시작된 비가 밤새 내리더니 아침엔 가랑비처럼 잦아들었다. 앞산에 내려온 운무가 한가롭다. 하늘과 산과 들판이 모두 촉촉이 젖어 있다. 이런 날은 맨발로 땅을 밟기에 좋다.

연지에 도착하니 비가 그친다. 밤새 내린 비로 연지는 촉촉이 젖어 있고 연꽃과 연잎에 빗방울이 맺혀 있다. 젖은 땅을 맨발로 걷는 촉감이 좋다. 땅과의 접촉, 사람도 저 나무나 풀과 같다면 나는 지금 땅에, 대지에 뿌리를 내리고 있는 것이리라.

치유는 땅에서 시작하여 가슴을 통해 이루어지는 것이라고 누군가가 말했다. 이를 위해서는 대지와 교감하는 기술과 가슴을 여는 법을 다시 익혀야 한다고. 오래전에 책을 통해 접한 말인데, 책 이름도, 그 책의 저자도 잊었지만 이 말은 생생하게 남아 있다. 그 말에 나도 십분 공감하는 까닭이다. 맨발로 땅과 만나는 것은 이른바 문명화된 삶으로 인해 분리되었던 땅, 그 생명의 근원과의 재접촉이라 할 수 있다. 그럴 때 비로소 나는 땅에 뿌리를 두고 하늘과 하나로 이어진다는 생각이 든다. 내가 연지를 걸을 때마다 맨발로 걷는 이유 가운데 하나이다.

자유를 생의 목적으로 삼으며 한동안 월든 호수가의 숲에 깃들어 살았던 사람, 헨리 데이비드 소로우^{Henry David Thoreau}는 대지를 모든 살아 있는 생명들의 발꿈치를 받쳐주는 '생명의 디딤돌'이라고 표현했다. '생명의 발꿈치를 받쳐주는 생명의 디딤돌'이란 이 표현이 가슴에 절실하게 와닿는다.

연지의 연꽃들, 어제 피어 있던 꽃들은 이미 졌거나 지고 있고 오늘 아침에 새로 피어난 꽃은 몇 송이 보이지 않는다. 이 연지에 연꽃이 피기 시작할 때 몇 송이 되지 않았던 것처럼, 이제 저물기 시작하는 이때도 피어나는 연꽃은 날마다 줄어들 것이다. 그렇게 저무는 연꽃들에 더 오롯해야하리라.

새로 피어나는 연꽃 하나도 없는 백련지를 둘러보며 연꽃 대신에 빗방울 맺고 있는 연잎을 담아 본다. 이 연잎 또한 연꽃의 한 모습이다. 또 다른 아름다움이다. 그렇다. 깊게 본다면 세상에 어느 것 하나 아름답지 않는 것 있겠는가.

분별심

아침 연지의 기운이 상큼하다. 기온도 좀 내려갔고 비 갠 뒤라 연지
의 풍경도 한결 선명해 보인다. 그래서인지 오늘 아침엔 어제보다
새로 피어난 연꽃이 더 눈에 띄는 것 같다. 시선이 새로 핀 연꽃을 향하고
발길이 절로 그리로 다가가게 한다. 내 눈에는 먼저 피어나 지고 있는 연
꽃이나 이미 져서 연밥으로 남아 있는 것들보다 오늘 새로 핀 연꽃이 더
맑고 싱그럽고 아름답게 느껴진다. 젊음의 그 생기로움이 빚어내는 아름

다움처럼 연꽃 또한 피어날 때의 싱그러움이 더 맑고 아름답게 느껴지는 것이라.

그러나 깊게 보면 모든 존재는 존재 그 자체의 아름다움이 있지 않을까 싶다. 젊음의 아름다움이 있다면 늙음의 아름다움 또한 있는 것이기 때문이다. 그런데 우리의 미의식은 어떤 것은 더 아름답고 어떤 것은 덜 아름답거나 아름답지 않다고 생각하고 느끼는 것은 무엇 때문일까.

자연엔 미추도, 선악도 없다는 것을 알면서도 우리는 여전히 선악과 미추의 잣대로 세상을 판단하고 반응한다. 얼마 전에 도법스님이 자신이 풀이한 책, 『신심명 강의』를 보내왔다. 신심명信心銘은 중국 선종의 제3대 조사인 승찬스님이 선의 요체를 사언절구의 시문으로 풀이한 책으로 알려져 있다. 아직 이 책을 제대로 공부한 적은 없지만 '도에 이르기란 어렵지 않다至道無難'는 〈신심명〉의 그 유명한 첫 구절은 나도 즐겨 인용하곤 한다.

지도무난 유혐간택至道無難 唯嫌揀擇 단막증애 통연명백但莫憎愛 洞然明白

도에 이르는 것은 어렵지 않네. 오직 가려서 선택하는 것을 멀리하여 다만 미워하고 사랑하지 않는다면 활짝 열려 뚜렷하고 밝게 드러나네. 내 식의 풀이이다.

문제는 가려 선택하는 것에 있다고 하겠다. 이 선택에 따라 사랑하고 미워하고 좋아하고 싫어하는 마음이 생기기 때문이다. 어떻게 간택揀擇을 멀리할 수 있을까. 이른바 분별심 없이 그대로 바라볼 수 있는가. 그것이 과연 가능할 수 있는가 하는 것이다.

살아간다는 것은 감지하고 반응하는 행위라고도 할 수 있다. 그것을 분

별하는 것이라 해도 좋겠다. 물과 불을 분별할 수 없다면 생존이 불가능하기 때문이다. 그런 점에서 본다면 분별지分別智란 생존에 있어서 가장 중요한 지혜라 싶다. 그렇게 우리는 삶의 매 순간을 간택하며 살아간다.

그런데 도에 이르는 것이 어렵지 않다는 말은 간택을 싫어하는 것, 멀리하는 것 또한 그리 어렵지 않다는 말이 아니겠는가. 그렇다면 간택을 분별지와 분별심으로 구분하여 분별하는 지혜는 갖되, 분별하는 마음은 멀리하라는 뜻으로 새길 수 있으리라 싶다.

오늘 아침, 비 갠 하늘 아래 새로 피어난 연꽃과 어제 피어 이미 지고 있는 연꽃은 구분하여 보되, '그 아름다움을 어제 핀 꽃과 오늘 핀 꽃을 비교하여 좋아하고 싫어할 게 아니라 그 자체의 아름다움에 주목하고 기뻐하라隨喜讚歎'라고 새겨도 좋겠다. 그렇게 만나는 모든 것에서 아름다움을 발견하고 함께 기뻐할 수 있다면 이 또한 도道에 가까운 삶이지 않겠는가. 다만 오롯함으로 다가갈 수 있다면 만나는 그 모든 것에서 충만한 아름다움을 볼 수 있으리라. 오늘 아침 연지에서 떠오른 단상이다.

해맑은 얼굴로 새로 핀 연꽃 앞에 다가가 그 싱그러움을 찬탄한다. 먼저 피어 지금 지고 있는 연꽃 앞에서도 저무는 것으로 빚어내는 아름다움을 느끼고 감사한다. 연밥만 남은 꽃대와 어느새 초록빛이 바래기 시작하는 연잎 앞에서도. 이 모두 다시없는 아름다움을 생각한다.

이끎 또는 이끌림

아침 기온이 20℃, 어제 아침과 5℃ 차이인데 몸에 느껴지는 기운이 서늘하다. 몸의 감각이 민감하다. 이런 느낌이 좋다. 아침 안개가 자욱하다. 얕은 산자락이지만 골짜기라서 이즈음엔 안개가 잦다.

연지엔 오늘따라 걷는 사람이 거의 없다. 새로 피어나는 연꽃은 날로 줄어들지만 연지에는 아직 연꽃향이 은은하다. 거의 날마다 만나는 연꽃들이 같아 보이지만 어느 것 하나도 같지 않다는 것을 안다. 연꽃이라는 점에선 같겠지만 저마다 다른 얼굴, 다른 모습인 까닭이다. 연지를 걸으면서 연꽃을 바라보면 시선이 머무는 꽃이 있다. 그 꽃에 주의注意가 가는 것이다. 주의가 가는 연꽃 앞에 멈추어 그 꽃을 마주 본다. 좀 더 깊게 보기, 먼저 주의가 가는 연꽃의 경계를 그린 다음에 연꽃의 모습을 보다 세밀하게 본다. 그럴 때 연꽃의 자태가 한결 선명하게 드러난다. 내 주의가, 그 에너지가 꽃의 에너지와 작용하여 아름다움을 더욱 두드러지게 하는 것이라 싶다.

내가 꽃을 볼 때 꽃도 나를 보는 것이다. 그렇게 서로의 에너지와 파동

이 공명하고 증폭하기 때문이리라. 한동안 히말라야의 산자락을 열심히 찾았던 때가 있었다. 그때, 하얗게 빛나는 설산을 향해 가쁜 숨으로 다가 갔을 때, 지금 내가 딛는 이 한 걸음은 저 설산이 내게로 오는 그 한 걸음 임을 느꼈다. 다가간다는 것은 곧 다가온다는 것이기도 하다는 이 자각은 관계의 모든 것이 또한 그러하다는 뒤늦은 통찰로 이어졌다.

여러 연꽃 또는 대상 가운데 어떤 것이 두드러지게 눈에 띈다는 것은, 내 시선과 주의가 그리로 향한다는 것은 그 연꽃이나 대상이 또한 나의 주의를 그렇게 이끈 것이기도 한 것임을 생각한다. 이끎과 이끌림, 보고 자 하는 내 마음이 어떤 것을 드러나 보이게 하고, 드러나 있는 어떤 것이 보고자 하는 내 마음을 이끌기도 하는 것, 이것이 어쩌면 '부르고 응답하 기'와 같은 것일지도 모르겠다.

흔히 아름다움은 창조하는 것이 아니라 발견하는 것이라는 말처럼, 오 늘 아침, 연꽃이 저무는 연지에서 만나고 담은 것들은 우리가 서로 부르 고 응답하기를 통해 서로를 발견한 것들이다. 오늘 아침의 반갑고 고마운 인연들이다.

절망과 희망 사이

새벽에 거실에서 귀뚜라미 울음소리가 크게 들린다. 어떻게 집 안으로 들어왔는지 모르지만 제 있는 자리에서 크게 울고 있다. 창밖으로 귀를 기울이자 새벽이 온통 풀벌레의 울음으로 가득하다. 그 소리의 출렁임 속에 깊은 고요함이 함께 있다. 계절이 바뀌고 있다는 게 느껴진다.

밤에 비가 왔고 아침에 개였다. 비 갠 아침의 이 상큼한 기운이 좋다. 오늘이 휴일인데도 연지엔 사람들이 없다. 한두 사람, 연지 둘레를 걷는 이들 외는 연꽃을 구경하러 온 이들은 보이지 않는다. 주말마다 연꽃을 보려 그리 몰려오던 사람들은 모두 어디로 갔을까. 피는 연꽃과 지는 연꽃이 둘이 아닌데도 세상엔 피는 연꽃을 보려고 오는 이들은 많지만, 지는 연꽃을 보러 오는 이들은 거의 없는 것 같다.

세상의 꽃 가운데 피었다가 지지 않는 꽃이 어디 있을까. 피는 꽃의 아름다움을 사랑한다면 지는 꽃의 아름다움도 사랑할 수 있어야 하리라. 문득 희망은 절망 속에서만 피어나는 꽃이란 생각이 떠오른다. 절망이 없

127

이는 희망이 또한 없기 때문이다. 절망이 희망을 낳은 것이다. 창조와 파괴도 이와 같다. 창조 없이는 파괴가 없는 것처럼, 파괴 없이는 창조 또한 없는 것이다.

오래전 문명의 붕괴에 관해 관심을 두기 시작하면서부터 나는 현존 문명의 붕괴 이후에 태동할^{출현할} 새로운 문명을 돕는 역할이 무엇일까를 내 나름으로 찾아왔다. 그래서 나는 우리가 타고 있는 배가 비록 곳곳에 물이 새고 엔진이 낡기는 했지만 지금이라도 잘 고친다면 항해를 계속할 수 있다고 믿는 이들과는 달리 우리의 배는 수리할 수 있는 상태를 이미 지난 데다가 침몰하고 있으므로 지금은 구명정을 마련하는 것에 집중해야 한다고 생각해 왔다. 현존 문명은 전환할 수밖에 없다는 것은 더 이상 지속이 불가능하기 때문이고 새로운 문명은 그 문명을 구축한 인간들에 의해 전환할 수 있는 게 아니라 그 자체의 붕괴로 인해 새롭게 전환되는 것이라 믿는 까닭이다.

이를테면 요즘 흔히 하나의 대안으로 제기하는 성장사회에서 탈성장사회으로라는 담론에서 기존 경제체제의 생산과 소비양식을 바꾸어 탈성장사회 체제로 전환해야 한다는 주장에 별로 공감하지 못하는 것도 인간들^{자본주의 체제, 국가와 시장과 시민}의 노력에 의해 탈성장사회로 전환할 수 있는 것이 아니라 성장 자체가 불가능한 사회가 될 수밖에 없다고 믿기 때문이다.

내가 한살림운동에 참여했던 일이나 생태가치와 자립하는 삶의 실현이란 이름으로 시작한 생태귀농운동의 목적을 '생명둥지'를 마련하는 것에 두었던 것도 이런 까닭이다. 지난해부터 도반들과 함께 마음 모으고 있는 '문명전환을 위한 지리산 정치학교' 또한 그런 일환이다. 문명전환이 필

연적이라 믿으면서도 '문명전환을 위하여'라고 표현한 것은 지금은 그 전환의 과정, 과도기적 상황 때문이고 새롭게 전환되는 사회에 적응하기 위한 훈련이라 믿기 때문이기도 하다.

오늘 아침 연지에서 지난 6~7월, 그리 무성하게 피었던 그 연꽃들이 이제 몇 송이 남기지 않고 저물고 있는 모습을 보면서 인류 문명의 흥망성쇠 또한 지금 이 연지의 연꽃 모습과 다를 바가 없다는 생각이 겹쳐 떠올라 적어본 아침의 단상이다.

나는 비관적인가, 낙관적인가. 나는 이 문명에 대해 비관적이다. 그러나 이 문명 이후에 도래될 새로운 문명에 대해선 희망을 잃지 않으려고 한다. 비록 그 문명이 암울한 모습으로 시작될지라도 그 속에서도 피어나는 희망이 있음을 믿기 때문이다. 어쩌면 내게 있어 그 희망이란 천년을 묻혀 있어도 언젠가 때를 만나면 반드시 싹을 틔우고 꽃을 피운다는 저 종자불실 種子不失의 연씨와 같은 것이라 싶다.

파장^{罷場}

아침 기온이 시원하다. 가을의 기운이 묻어나는 것 같다. 연지에도 안개가 내려와 있다. 기온의 일교차가 크기 때문인 것 같다. 연지 어디에서 꾀꼬리 소리가 또렷하게 들린다. 어쩌다 한 번씩 멀리서만 들리던 그 소리가 이리 가까이 들리는 것은 여름 철새인 저 꾀꼬리도 떠날 채비를 하느라 이 연지에 들린 것일까. 이 연지의 마지막 연꽃이 필 때까지 여기에 머물고 있을까.

안개가 내려와 있는 연지를 보며 문득 파장^{罷場}이란 말이 떠오른다. 파장

이란 장터나 잔치의 끝 마당을 일컫는 말이다. 장사나 잔치가 끝나고 이제 판을 거둘 때라는 것이다. 지금 이곳 연지 사정이 이와 방불하다. 이미 백련지의 백련은 끝났고 홍련지도 거의 대부분 연밥들이고 피어 있는 연꽃들은 이제 얼마 되지 않는다. 올해 연지, 연꽃의 잔치는 이제 끝물, 파장인 셈이다. 새로 돋아나는 꽃대도 별로 없다. 예전에 비해 때 이른 파장이다. 이 또한 기후변화로 인한 영향일 것이다. 일찍 시작된 폭염에 연꽃들도 일찍 피기 시작했기 때문이다. 먼저 피었기에 먼저 지는 것이리라.

장터나 잔치 자리가 끝나는 마당은 시끌벅적했던 그 처음의 풍경과는 너무 대조적이다. 그만큼 쓸쓸함 같은 게 더 짙게 느껴진다. 마치 떠나는 이의 뒷모습을 바라보는 것 같다. 지금 저물고 있는 이 연지의 풍경을 바라보는 내 마음이 그렇다. 머지않아 꽃대가 더 이상 돋지 않고 마지막 꽃잎까지 저물면, 이 여름 한 철의 내 연꽃도 따라 저물 수밖에 없으리라.

그러나 아직 피고 있는 연꽃 남아 있으니 파장에 나타나 마지막 술잔을 기울이는 취객처럼 내 남은 연꽃들에 더 오롯하게 눈 마주해야 하리. 마지막 한 줄기의 꽃대가 남아 있을 때까지 내게는 이 연지의 축제, 그 향연은 끝나지 않았으니.

연밥 풍경

오늘이 처서^{處暑}다. 여름 더위가 한풀 꺾여 가을의 기운이 느껴지는 때다. 더위에 왕성하게 자라던 풀도 그 기세를 잃어 추석이 오기 전에 산초의 벌초^{伐草}를 서두는 때이기도 하다. 그러나 가을 곡식들이 제대로 여물어가기 위해선 '처서에 비가 오면 십 리 안에 천 석이 감한다.'라는 속담처럼 지금부터 날씨가 맑고 햇볕이 쨍쨍해야 하는데 오늘 하늘이 흐리니 걱정이다.

연지엔 이미 연잎이 누렇게 바래기 시작하고 먼저 맺힌 연밥들도 연씨를 떨구고 빈 채로 시들고 있다. 그 풍경이 가을을 앞당겨 느끼게 한다.

연꽃으로 화려했던 연지의 풍경이 연밥으로 가득한 풍경으로 바뀐 것이다.

연꽃과 연밥은 둘이 아니다. 연꽃의 주요 특징으로 일컫는 화과동시花果同時라는 말처럼 연꽃과 연밥은 분리할 수가 없다. 연꽃이 피어날 때 이미 그 속에 연밥을 품고 있기 때문이다. 정확하게 표현한다면 연꽃은 연밥과 그 둘레의 꽃잎으로 이루어져 있는 것이다. 이런 상태의 연꽃이 사나흘 지나면 꽃잎을 떨구고 연밥만 남게 된다. 그래서 연밥이란 꽃잎을 떨군 상태의 연꽃이라고 할 수도 있다.

연꽃을 단지 감상만 하는 것이 아니라 거기서도 먹을 것을 구해야 했던 이들은 연밥 속의 연씨蓮子를 얻기 위해 부지런히 연밥을 따야 했다. 연씨는 식용이자 약용으로도 유용하게 쓰였기 때문이다. 상주 모내기 노래로 널리 알려진 일노래 가운데 이런 가사가 있다.

> "상주 함창 공갈못에 연밥 따는 저 처자야, 연밥 줄밥 내 따 주마, 우리 부모 섬겨다오."

> "상주 함창 공갈못에 연밥 따는 저 처자야, 연밥 줄밥 내 따 줄게, 이내 품에 잠자주소. 잠자기는 어렵잖소. 연밥 따기 늦어가오."

다른 버전인데, 아마도 뒤에 이렇게도 바꾸어 부른 모양이다. 대개 노동요를 포함한 민요의 가사는 상황과 조건에 따라 얼마든지 즉흥적으로도 바꾸어 부르기도 하는 까닭이다.

지금 이 연지에는 연밥이 가득한데 연밥을 따는 처자도, 그 처자에게 구애하는 총각도 없다. 흐린 하늘 아래 시골의 중늙은이만 홀로 연지를 배회하며 연꽃과 둘이 아닌 그 연밥에 주의를 모은다. 어디선가 환청처럼 상주 모내기 노래가 들려오는 것 같다. https://youtu.be/JGIVt0iGT90

이별 연습

처서 오후부터 어제 오전까지 비가 실하게 내렸다. 이 비에 농사짓는 이들의 시름이 더욱 깊어지겠다. 아침 안개가 짙다. 기온이 18℃, 이 여름 들어 가장 낮다. 안개에 젖은 연지의 풍경이 더 쓸쓸하게 느껴진다. 문득 이 연지의 연꽃과도 이젠 이별할 때가 다가왔다는 생각이 든다. 이별이란 그 말이 호수에 던져진 돌처럼 가슴에 작은 파문을 일게 한다.

　회자정리會者定離라 했던가. 피었으니 지는 것처럼, 만났으니 헤어져야 하는 것은 어찌할 수 없는 것이다. 만남과 이별이 둘이 아니라면 잘 만나는 것이, 만남의 순간에 오롯한 것이 잘 이별하는 것임을 생각한다. 그 만남의 동안 우리는 원 없이 사랑했다고 말할 수도 있을까. 사랑한다는 것은 마실수록 더욱 목이 마르는 소금물 같은 게 아닐까. 멋진 이별이라는 말도 있을까. 아니면 상큼한 이별이란 말은…. 아니 내가 즐겨 썼던 환한 아픔이란 말처럼 환한 이별이란 말이 좋겠다. 여태껏 만나 온 것이 모두 이별 연습임을 안다. 우리의 삶 또한 그렇다. 하루를 살아간다는 것은 곧 하루를 죽어간다는 것이므로….

오늘 연지에서 '안녕'이란 그 말은 남겨둔다. 아직도 이 연지에 피어나는 연꽃이 남아있으므로. 그렇게 올해 연꽃과의 그 마지막 작별이 아직 남아있음으로. 오래전, 내 젊은 날에 쓴 시 한 편이 떠오른다. 이별에도 연습이 필요하다는 그 시 한 편이….

다시 이별 연습

이 순간을 지나면
남은 것은 기억의 조각뿐,
삶이란 단지 기억을 짓는 일인가.

어제 나는 유서를 썼고
오늘 너의 조사를 쓴다.

사랑하는 이여, 너를 보낸 뒤
기억의 조각 모아 이별을 노래하는 건
네 사랑에 대한 내 사랑이 아니다.

나는 목이 메고 숨결이 가빠
다만 너의 이름을 부를 뿐.

애써 하늘을 본다.
거기에서도 너의 미소 피어 있다.

보낸다는 건
남은 기억을 마저 지우는 일인가.

상큼한 이별을 꿈꾸던 이여,
긴 이별에는 다시 연습이 필요하다.

연꽃봉오리

아침 연지를 걷는 것은 연지를 감싸고 흐르는 맑고 그윽한 향내를 맡으며 연꽃과 연지의 풍경을 핸드폰으로 담기 위한 것이기도 하지만 한편으로는 떠오르는 이런저런 생각들을 가볍게 마주하기 위한 것이기도 하다.

'생각 마주하기'는 의도한 것이 아니었는데, 연지를 걷고 연꽃에 주의를 보내다가 절로 일어나는 생각들을 마주하기 때문이다. 내게 있어 생각이란 대개 두서가 없이 일어났다가 어느 순간에 또 다른 생각으로 바뀌곤 한다. 어떤 사안이나 주제에 대해 생각을 모아야지 하다가도 어느 사이에 다른 생각으로 치닫는 것을 본다. 나에겐 생각 다루기란 여전히 여의치 않은 일이기도 하다.

오늘 아침 연지에서 든 새삼스러운 일깨움은 우리가 동일한 시공간에 있으면서도 서로가 세계를 다르게 경험하는 주된 까닭은 서로의 주의가 다르기 때문이라는 것이었다. 지금 내 주의를 꽃이 지고 남은 연밥에 두는가, 아니면 이제 새롭게 돋아나고 있는 꽃대에 두는가에 따라 이 연지

에 대한 내 마음과 느낌과 경험 또한 달라진다는 것에 대한 새삼스러운 자각이라 할 수 있다. 오늘 아침은 연지를 걸으면서 연밥과 지는 꽃으로만 가득한 연지에서 지금 뒤늦게 꽃대를 밀어 올리고 있는 연꽃봉오리를 새삼스레 바라본다. 그동안 내 주의가 연지의 연꽃들이 모두 지고 있다는 것에만 묶여, 지고 있는 그 속에서도 새롭게 꽃대를 밀어 올리고 있는 꽃봉오리들의 모습이 별로 눈에 들어오지 않았기 때문이다. 연잎이 누렇게 변하고 연밥들이 시들어 꺾어지는 가운데서도 꽃대들이 새롭게 돋아나는 모습이 여전히 기운차고 싱그럽다. 연꽃은 여름꽃이라 절기가 가을 기운으로 바뀌면 따라 저물 수밖에 없는데도, 마지막 순간까지 남은 꽃대를 저리 혼신으로 밀어 올리기를 멈추지 않는 것을 보며 그 힘, 그 생명력이 빚어내는 아름다움이 새롭게 느껴진다. 활짝 핀 상태의 꽃과는 또 다른 아름다움이라 싶다. 지금 저 꽃대는 이제 기온이 내려가고 있으니 찬바람이 일어나기 전에 서둘러 피어야 한다는 그런 생각으로 돋아나고 있을까. 상^뼈없이 피고 지는 꽃을 생각한다. 혼신으로 꽃대를 밀어 올리지만 필 수 있는 조건이 되면 피고, 필 수 없게 되면 피지 않는 것, 애쓰지 않는 것이란 노력을 다하지 않는 것이 아니라 상황과 조건을 거슬러 억지로 하지 않는 것임을 생각한다.

옛 사람들은 이를 일러 성誠을 다하는 것을 진인사盡人事라 하고 억지로 애쓰지 않는 것을 대천명待天命이라 했으리라 싶다. 연밥으로 가득한 연지의 풍경에서 작별을 생각하던 마음이 새로 돋아나는 꽃대를 보면서 아직도 우리의 작별 시간이 남아 있다는 생각으로 바뀜을 본다. 이 연지에서 마지막 꽃대가 피어날 때는 언제쯤일까. 그때까진 이 연지의 계절은 아직 끝나지 않은 것이라.

**22
08
28**

한생生

아침 기온이 14℃, 반바지에 맨발로 느껴지는 기운이 써늘하다. 몸이 민감한 것인가. 적응력이 떨어진 것인가. 연지를 한 시간 남짓 걷다가 오니 기온이 20℃를 가르킨다. 그 사이에 6℃나 올라갔다. 이런 기온의 변화가 정상적인지 아닌지는 모르겠지만 몸의 적응이 힘들다.

연지를 걸으며 써늘해진 기온처럼 저무는 풍경을 보면서 연꽃의 한 생애를 생각한다. 연이 봄에 잎이 돋아나지만, 연꽃이 피고 지는 것은 여름 한철에 불과하다. 연꽃이 꽃대를 밀어 올렸다가 꽃을 피우고 연밥을 맺고 씨앗을 떨구고 말라 시들어 저물 때까지를 연꽃의 한 생이라고 한다면 그 기간은 불과 한 달 남짓하다고 할 수 있다. 연지 전체를 보더라도 첫 연꽃이 피었다가 마지막 꽃대가 시들 때까지의 기간은 초여름에서 초가을까지이다. 여름과 함께 피었다가 저무는 것이다.

연꽃은 일반 식물과는 달리, 줄기나 가지에서 잎과 꽃 피는 것이 아니라 땅속의 뿌리에서 잎과 꽃대가 따로 올라와 잎과 꽃으로 피어난다. 잎대에 잎 한 닢, 꽃대에 꽃 한 송이다.

지금 이 저무는 연지에도 새로 돋아나는 꽃대에서부터 씨방을 맺고 새까맣게 여문 씨앗을 다시 떨군 빈 씨방이 갈색으로 말라 사그라지는, 연꽃의 한 생애가 함께 드러나 있다. 그 모습과 풍경을 담으며 저 연꽃의 한 생과 나의 한 생이 다르지 않다는 생각을 다시 한다. 생노병사生老病死와 성주괴공成住壞空이 목숨을 가졌거나 모습을 드러낸 존재의 피할 수 없는 길이라고 한다면 저 연꽃이 피었다가 지는 것처럼 육신을 가진 내 존재 또한 그렇게 지고 있는 것이리라.

저 연꽃 한 생의 모습 가운데 지금 나는 어떤 모습과 가까울까. 아직 꽃잎 몇 개가 남아 있는 형태일까. 꽃잎을 모두 떨구고 씨방에 연씨를 품고 익어가고 있는 상태일까.

인생의 단계를 흔히 사계四季로 비유하여 늦가을과 겨울을 노년기라 하기도 한다. 이 추수동장秋收冬藏의 시기, 이번 생에서 내가 거둔 것은 무엇이고 남은 삶에서 무엇을 갈무리하며 마감할 것인가.

화사했던 꽃잎 훌쩍 떨구고 씨방으로 단단히 품어왔던 씨앗 검게 영글자 그 씨앗 또한 미련 없이 떨군 뒤에 말라 시들어 마침내 흔적을 지우는 저 연꽃의 한 생처럼 내 남은 길도 그리 가벼울 수 있기를….

저문 길에서

참으로 모든 것이 한순간이다
한 생이란 들숨과 날숨
그 한 호흡 사이에서 드러났다 사라지는
한바탕 몸짓이다
목숨 지닌 모든 것들이
찰나 간의 그 틈을 헤집고 그렇게 와서
또 그렇게 가는 것이다
생이 그토록 아련하고 아찔한 것은
찰나 간의 그 순간에
매달리고 움켜쥘 수 있는 것이 도무지 없음을
진작은 알지 못했던 까닭이다
꽃이 핀다는 것은 꽃이 진다는 것임을 그리 알았더라면
모든 순간이 마지막인 그 길에서
내 눈길 다만 네게 맞추고
내 몸짓 모두를 너를 향한 춤사위로만 오롯했을 것을
살아있는 것들의 눈을 깊이 볼수록
먹먹히 가슴이 메는 것은
그 모든 눈빛이
나를 향한 애틋함으로 젖어 있음을
저무는 길에서야 아는 까닭이다.

- 여류의 노래 3 고요한 중심, 환한 미소

22 08 29

먼저 드는 연지의 가을

아침 연지에는 갈수록 옅어지진 하지만 나직하게 들리는 노래처럼 연향이 느껴진다. 피어 있는 꽃이 몇 송이밖에 없음에도 맑은 향과 곱고 우아한 그 자태는 여전하다. 흔히 사람이나 존재를 평할 때 품격을 논하는 것처럼 꽃의 품격을 이야기한다면 연꽃을 우선하여 말할 수 있으리라. 이른 봄, 한겨울 추위를 견뎌내고 피어나는 매화를 예로부터 사랑하고 그 미덕을 칭송해온 것도 이런 까닭일 것이다. 나도 그런 매화를 남 못지않게 좋아하여 해마다 겨울이 깊어지면 어디서 매화 소식 들리나 하고 찾아갈 채비에 마음이 바빠지곤 한다.

그러나 매화와 연꽃의 품격을 서로 비교해 보라고 한다면 그건 부당한 것이리라. 겨울꽃과 여름꽃의 미덕이 저마다 다른 까닭이다. 다만 매화를 사군자의 으뜸로 치며 흔히 바른 자태와 고상한 기품의 지조志操로 칭송하는 "매화는 일생을 춥게 살아도 그 향은 팔지 않는다梅一生寒不賣香"라는 말엔 갈수록 거북함이 더한다. 어려운 조건에서 피어나지만, 향기를 팔지 않는 것은 매화만이 아닌 까닭이다. 연꽃은 염천 불볕더위 속에 피어나도 향기

145

를 팔거나 아끼지 않고 겨울 동백이나 찬 서리 속의 구절초도 또한 그렇다. 지상의 그 어느 꽃도 피어난 환경을 조건으로 향기를 파는 꽃은 없는 것이다. 인간을 제외하면 모든 식물, 모든 꽃이 무한한 무주상보시無住相布施인 것이다.

오늘 아침 연지에서 이런 두서없는 생각을 떠올리게 된 것은 이제 연꽃의 절기를 지나 대부분의 연꽃은 이미 다졌고 연밥마저 고개를 꺾고 시드는 때에 뒤늦게 피어난 그 연꽃의 맑은 향기와 기품 어린 자태는 첫 연꽃이 피어날 때와 여전히 다름없이 느껴진 까닭이다. 어쩌면 저무는 것 가운데서 새롭게 피어나는 것이 더 깊게 와닿는 것인지도 모르겠다. 오늘따라 아침 연지에서 들리는 새들의 소리가 크고 다양하다. 까치 소리가 잦은 가운데 멧비둘기의 구슬픈 울음소리가 연지를 울리듯 크게 들린다. 그 소리 사이로 꾀꼬리 소리도 낮게 들려온다. 저 꾀꼬리는 언제쯤 겨울나기 위해 먼 여정에 나설까.

연지, 연잎 가운데서 풀벌레 소리가 가까이 들린다. 여치인가, 베짱이인가, 귀뚜라미인지는 모르겠다. 아무튼 연잎 사이로 가을 풀벌레 소리를 들으니 연지의 가을이 다가와 있음이 한층 더 느껴진다. 연잎도 어느새 노란빛으로 바뀌어 가고 있다. 숲보다 연지의 가을이 먼저 드는 모양이다. 이 연지에 가을이 더 깊어지기 전에, 마지막 피워 올리는 그 꽃대의 연꽃이 지기 전에 나도 이 여름과 함께 이 연지와도 올해의 작별 인사를 준비해야 하리라.

회귀, 돌아감이여

가을비가 잦다. 봄 가뭄에 가을장마라, 뒤바뀐 날씨 탓에 올가을 농사가 큰 걱정이다. 지금은 한창 나락 이삭이 여물어가는 때인데, 이리 날씨가 궂으니 빈 쭉정이만 늘어갈 것 같다. 백수로 양식만 축내고 지내는 터라 세상인심에 걱정이 더욱 크다. 가을볕이 쨍하고 내리쬐는 날씨가 되길 마음 모은다.

오늘 아침 연지를 걸으며 이젠 애련일지를 접어야겠다는 생각을 다시 한다. 남은 연꽃들의 모습이 날마다 별반 다르지 않고, 연밥으로 남아 시들고 있는 모습과 누렇게 잎새가 변해가는 모습도 그렇고, 그 연꽃들에 대한 짧은 내 생각이 또한 어제와 별반 다를 바 없기 때문이다. 이런 모습과 생각을 달리 나누지 않아도 궁금하거나 아쉬울 게 없겠다 싶다. 그럼에도 무언가 여전히 허전한 것이 남아 있다. 이 연지와, 이 연지에서 피고 지는 연꽃들과 정이 들었기 때문일까. 아직도 꽃대를 밀어 올리고 있는 뒤늦은 연꽃처럼 남아 있는 미련 같은 것일까.

물극필반物極必反이라 했던가. 성盛하면 쇠衰할 수밖에 없으니 이 여름이 가을에 물러나듯이 연꽃의 계절도 이제 끝남을 어찌할 수 없으리라. 문득 올해 이 연지에서 피어났던 그 많은 연꽃들은 모두 어디로 간 것인가 하는 생각이 스민다. 뿌리에서 꽃대가 돋아났다가 꽃으로 피고 다시 그 꽃이 연밥으로 맺혔다가 마지막에 연밥이 시들어 말라 죽는 것을 연꽃의 한생이라고 한다면 그렇게 한생을 끝낸 그 다음은 무엇일까. 지상에 드러난 부분은 사라져도 뿌리가 살아 있어 해마다 이 뿌리에서 꽃대가 새롭게 돋아나니 연꽃에겐 죽음이 없다고 할지도 모르겠다. 그러나 새롭게 꽃대를 밀어 올리는 그 꽃은 올해의 그 연꽃은 아니다.

모든 사물이 끊임없이 바뀌지만 저마다 제 뿌리로 돌아오는 구나. 뿌리로 돌아옴을 일컬어 고요함이라 하고, 고요함을 일컬어 존재의 운명으로 돌아감이라 하고, 존재의 운명으로 돌아감을 일컬어 실재라 하고, 실재를 아는 것을 일컬어 깨달은 밝음이라 한다.

夫物芸芸, 各復歸其根. 歸根曰靜, 靜曰復命, 復命曰常, 知常曰明

도덕경 16장에 있는 말이다. 선생님은 이 장을 '저마다 제 뿌리로 돌아오는구나.'라고 이름 지으셨다.

'저마다 다시 그 뿌리로 돌아감^{各復歸其根}', 그렇다. 결국 다시 돌아가는 그 자리가 그 본래의 뿌리인 것이다. 떨어진 꽃잎과 꺾어진 연밥과 흩어진 연씨가, 그리고 누렇게 시든 그 연잎이 돌아갈 곳은 모두 그 뿌리인 것이다. 그렇게 뿌리로 돌아갔다가 새봄에 다시 새로운 모습으로 피어나는 것이리라. 이것이 회귀^{回歸}이며 윤회^{輪廻}라 할 수 있으리라.

나는 지금 어디로 돌아가고 있는가. 내가 돌아갈 그 뿌리는 무엇인가. 연지에서 돌아와 가을비 내리는 창밖을 보며 내가 돌아갈 뿌리가 어디인지를 다시 묻는다.

생명 예의

오늘이 팔월 마지막 날이다. 어제부터 내리던 비가 오늘 아침에도 오고 있다. 결실의 계절에 원치 않는 장마 같은 비로 인해 애타는 마음들이지만, 그러나 이 또한 하늘이 하는 일이니 어찌하겠는가. 팔월을 마감하는 오늘, 연지에 나가 이 여름과 함께 올해의 연꽃과도 작별의 인사를 나누려고 했는데, 비가 제법 세차게 오니 내일로 미루어야겠다. 작별의 인사를 굳이 그리 서둘러야 할 건 없으리라.

이번 여름은 다른 해보다 더 자주 연지에 나갔던 것 같다. 바깥으로 나가지 않은 날은 거의 빠짐없이 연지로 나가 연꽃과 만나고 그 모습을 담아 왔다. 여름나기를 겨울 지내기보다 더 힘들어하는 내가 이번 여름을 그런대로 잘 보낼 수 있었던 것도 아침마다 연꽃과 만날 수 있었기 때문이라 싶다.

누군가를 사랑한다는 것은, 무엇인가를 좋아한다는 것은, 그로 인해 생기는 다른 어려움과 고통을 넘어서게 하는 힘이 된다. 진정한 힘은 사랑에서 나온다고 하는 의미가 그것이리라. 연꽃에 대한 내 관심이 그렇게 이 여름을 건디게 한 것 같다. 어쩌면 연꽃과 만나기 위해 내심 이 불볕 여름을 기다려왔는지도 모른다.

문득 생명에 대한 예의라는 말이 떠오른다. 생명이 생명에 대한, 존재와 존재에 대한 예의이다. 내가 연꽃을 좋아하거나 사랑한다고 말하기 전에 나는 그 연꽃에 어떻게 다가가고 대해왔던가 새삼 돌아본다. 예의란 모심侍 이전에 삼감謹愼, 禁이 먼저라 싶기 때문이다. 우리가 서로의 눈을 마주할 때 떨림 없이 다가갈 수 없는 것은 이 때문이리라. 올 여름 연꽃과 마지막 인사를 나누기 전에 생명 예의를 먼저 생각하는 이유이다.

> 만물이 시천주 아님이 없으니 능히 이 이치를 알면 살생은 금치 아니해도 자연히 금해지리라. 제비의 알을 깨치지 아니한 뒤에라야 봉황이 와서 거동하고, 초목의 싹을 꺾지 아니한 뒤에라야 산림이 무성하리라. 손수 꽃가지를 꺾으면 그 열매를 따지 못할 것이오, 폐물을 버리면 부자가 될 수 없느니라. 날짐승 삼천도 각각 그 종류가 있고 털벌레 삼천도 각각 그 목숨이 있으니, 물건을 공경하면 덕이 만방에 미치리라.
>
> 萬物莫非侍天主 能知此理則 殺生不禁而自禁矣 雀之卵 不破以後 鳳凰來儀草木之苗 不折以後 山林茂盛矣 手折花枝則 未摘其實 遺棄廢物則 不得致富 羽族三千 各有其類 毛蟲三千各有其命 敬物則德及萬方矣
>
> - 해월선사 대인접물 17

152

고별告別, 마지막 연꽃을 위하여

구월 초하루, 나는 오늘, 마치 무슨 의식을 치르는 것 같은 긴장감과 설렘 속에서 새벽을 맞는다. 여명 속, 한 대의 향을 밝히고 앉아 스쳐 지나는 생각들을 본다. 방안은 풀벌레 소리로 가득하지만 사위는 적막하다. 생각은 그 속을 마치 꿈결이듯 유영하는 것 같다. 지난 한 생이 그 생각 속에 출렁인다.

자리를 접고 일어나 아침 연지로 향한다. 오늘 나는 이 연지와, 이 연지에서 올 여름에 피고 진, 그리고 아직도 피고 지고 있는 남은 연꽃들과 이별하는 날이다. 고별告別식, 이별을 알리고 나누는 자리, 서로에게 "안녕"이라고 말하는 자리를 갖는 날이다.

연지에 안개가 자욱하다. 올해 들어 이 연지에 가장 짙은 안개다. 햇살 쨍쨍한 눈부신 날보다 이런 날이 서로에게 이별을 고하기에 좋은 날이라 싶다. 오늘 이 고별식에도 미당未堂의 시, '연꽃 만나고 가는 바람같이'의 한 구절을 다시 불러온다.

이별이게,

그러나

아주 영 이별은 말고

어디 내생에서라도

다시 만나기로 하는 이별이게,

연꽃

만나러 가는

바람 아니라

만나고 가는 바람같이…

   오늘 우리가 안녕이라고 말하지만, 이것이 마지막 인사가 아닌 줄은 서로가 알고 있다. 아직 이 연지에 피워 올리는 꽃송이가 있고 나의 가을꽃은 아직 피어나지 않았으므로 나는 내일 아침에도 다시 이 연지 앞에, 피고 지는 한 송이 연꽃 앞에 서 있을 것이므로. 이 여름을 그렇게 날마다 연꽃과 만나고 두서없이 떠오르는 짧은 생각들을 애련일지愛蓮日誌라는 이름으로 담아 왔는데, 지금 문득 그것을 연꽃에 대한 사랑이라 할 수 있을까 하는 생각이 든다.

   수없이 많은 연꽃과 만나고 그것을 사진으로 담아오면서 나는 그 연꽃들을 얼마나 절실함으로 보았던가. 절실함으로 만나야 할 것이 어찌 연꽃뿐이랴. 이번 생의 여러 만남 가운데 그렇지 않아도 괜찮은 것이 있을까.

사랑은 언제나 미안함과 함께한다는 말이 떠오른다. 여태껏 사랑한다는 그 말을 소리 내 말했던 적이 몇 번이나 있었던가. 정작 그 말을 해야 할 때는 왜 그리 목이 막혔던가. 사랑한다는 그 말 앞에는 언제나 내 미안함이 먼저 자리하고 있었음을 본다.

오늘, 연꽃에 대한 내 마지막 인사는 사랑이란 말 대신에 '고맙다.'이다. 이 여름, 이 연지에서 만난 모든 연꽃에게 고마움을 다시 전한다. 해가 바뀌고 다시 여름이 허락된다면 그때도 애련, 우리 사랑은 이어질 것이므로….

22 09 03

다시 악양 둑방길에서

아침에 날이 개었다. 태풍 전야의 고요함 같은 것일까. 다시 악양 둑방으로 향한다.

연꽃에만 내 시선이 머물러 있던 사이, 이 강변에는 늦여름꽃들로 충만하다. 모두 저마다의 가을을 맞고 있다.

오늘 구월 초사흘, 아침에도 비가 내리고 있다. 사라호와 매미 때를 능가하는 태풍이 몰려오고 있다는 예보를 듣는다. 이 두 태풍의 경험이 내게는 아직도 생생한데, 걱정이 크다. 오랫만에 악양 둑방길을 걷는다. 남강에서 낙동강 본류로 이어지는 강줄기를 따라 제방이 이어져 있다.

큰비 내리면 강물이 이 강둑을 가득 채우며 흘러가리라. 대하^{大河}, 모두가 흐르는 것임을 생각한다. 저 강물도, 세월도, 역사도, 인생도….

22
09
04

연꽃이 지는 법

나는 꽃들이 저마다 어떻게 피는지는 잘 알지 못한다. 제대로 곁에서 지켜보질 못했기 때문이다. 그러나 피었던 꽃들이 지는 모습은 쉬 눈에 띈다. 눈길이 피어있던 거기에 가 있었기 때문이다.

꽃들이 지는 모습이 저마다 다르다. 동백꽃이나 차꽃처럼 피었던 꽃이 모가지째 지는 게 있는가 하면, 수국 같은 꽃은 피었던 그대로 가지에서 말라 시드는 것도 있다.

연꽃은 벚꽃이나 산다화처럼 꽃잎을 한닢한닢 떨구며 진다. 어떻게 지는 것이 잘 지는 것인지는 나는 알 수 없지만, 저 동백꽃처럼 피었던 모습 그대로 뚝 하고 온몸을 던지듯 지거나 아니면 연꽃처럼 한 닢, 한 닢을 미련 없이 떨구며 지는 것도 좋을 것 같다. 꽃이 진 뒷모습이 상큼하기 때문이다.

이 여름, 연지를 거닐며 연꽃과 눈 맞추다가 옛시인이 노래했던 개화성開花聲, 연꽃이 열릴 때의 그 소리는 듣지 못했지만, 꽃잎이 떨어져 내리며 연잎에 툭 하고 부딪히는 소리는 들을 수 있었다.

피었을 때의 아름다움처럼 질 때도 아름다울 수 있기를….

저 연꽃처럼 미련 없이 지는 법을 배워야겠다.

22
09
05

새벽 기도

연꽃잎 열리는 이른 새벽,

제 영혼이 당신의 빛 그리워 부드러이 열립니다.

당신 눈 부신 빛으로 제 가슴 꽃잎마다 목욕시켜주십시오.

당신 향기로 저 자신을 적시고 모두에게 주시는

당신 사랑의 향내를 미풍에 실어 보내려 기다리고 있습니다.

저를 축복하시어, 펼쳐지는 새벽과 함께

당신의 사랑 온 세상 두루두루 펼치게 해주십시오.

저를 축복하시어, 밝아오는 새벽과 함께

제 영혼으로 모든 영혼 일깨워

당신께로 데려오게 해주십시오.

- 프림한사 요가난다영원에서 올리는 속삭임, 우주의식의 진화를
위하여

22 09 06

주돈이의 애련설^{愛蓮說}

올한해의 연꽃과 작별하며 그 소회를 어떻게 나눌까 생각하다가 흔히 연꽃의 미덕을 칭송한 글 가운데 널리 알려진 주돈이의 애련설을 생각한다.

선생은 북송^{北宋}의 유학자^{儒學者}로, 〈태극도설^{太極圖說}〉을 지어 성리학의 창시자로 추앙되는 분인데, 그는 연꽃을 유학에서 도덕적으로 완성된 인격자를 일컫는 군자의 특성을 지녔다며 그래서 자신은 연꽃을 사랑한다는 글을 남겼다. 선생의 연꽃을 칭송하는 몇 문장이 연꽃을 불가의 상징만이 아니라 유가의 군자의 덕성을 상징하는 꽃으로도 올려 놓았다.

내가 연꽃을 좋아하는 마음은 선생과 크게 다를 바 없다고 생각하지만, 학식과 문장이 한참 미치지 못하니 애련설을 소개하는 것으로 위안을 삼는다.

水陸草木之花에 可愛者가 甚蕃하나 晉陶淵明은 獨愛菊하고
自李唐來로 世人이 甚愛牡丹이라. 予獨愛蓮之出於淤泥而不
染하고 濯淸漣而不夭하며 中通外直하고 不蔓不枝하며 香遠
益淸하고 亭亭淨植하여 可遠觀而不可褻翫焉하노라.

물과 육지에서 피는 초목의 꽃 가운데에는 사랑스러운 것들이 매우 많
으나, 진晉나라의 도연명陶淵明은 유독 국화를 사랑하였고, 당나라 이래로
는 세상 사람들이 모란을 매우 사랑하였다. 나는 유독 연꽃이 진흙에서
나왔으나 더럽혀지지 않고 맑은 물결에 씻겼으나 요염하지 않으며, 속은
비어 있고 밖은 곧으며, 덩굴지지 않고 가지 치지도 않으며, 향기는 멀어
질수록 더욱 맑고 우뚝한 모습으로 깨끗하게 서 있어, 멀리서 바라볼 수
는 있지만, 함부로 하거나 가지고 놀 수 없음을 사랑한다.

予謂菊은 花之隱逸者也요 牡丹은 花之富貴者也요 蓮은 花之
君子者也라. 噫라. 菊之愛는 陶後에 鮮有聞이요 蓮之愛는 同
予者가 何人고. 牡丹之愛는 宜乎衆矣로다.

내가 생각건대, 국화는 꽃 가운데 은자隱者이고 모란은 꽃 가운데 부귀한
자이며, 연꽃은 꽃 가운데 군자君子라고 하겠다. 아! 국화를 사랑하는 것은
도연명 이후에는 들은 바가 드물고, 연꽃을 사랑하는 것은 나와 함께 할
이가 어떤 사람일까? 모란을 사랑하는 이들은 마땅히 많을 것이다.

피고 지는 연꽃 앞에서

연꽃이 핀다
삼복더위 속에서도 서늘하게 피어난다

연꽃이 진다
피어났던 꽃 모두 진다

피었기에 지는 꽃 앞에서
이 연꽃이 온 곳 어딘지를 묻는다

하늘과 가슴에 핀 연꽃

-여류 시인의 〈애련일지〉에 대하여

검돌^{玄石} 이호신^{화가}

나는 연꽃을 생각할 때 꽃의 아름다움과 함께 염화시중^{拈花示衆}이 떠오른다 . 인도의 영취산에서 붓다께서 설법 중 연꽃 한 송이를 들어 올리자 가섭존자가 그 뜻을 알고 빙그레 웃었다는 이야기다 . 이것은 꽃의 생태를 넘어 무언의 대화 속에 영혼의 교감이요 , 깨달음의 순간을 의미한다고 하겠다 .

글머리에 이러한 예를 든 것은 여류^{如流} 선생의 연꽃 사랑이 이에 버금가는 통찰과 깨침의 세계로 인도해 주기 때문이다. 모든 사물은 본질과 현상이 함께 하므로 이를 통해 생명의 존재를 발견하고 반추한다. 당나라의 문장가 유종원은 "아름다운 것은 스스로 아름다워지지 않는다. 사람을 통해 그 아름다움이 드러난다^{美不自美因人而彰}"고 하였으니.

올해 초여름부터 가을까지 내게 보내준 여류 선생의 〈애련일지〉가 위와 같기로 붓을 든 나를 많이 부끄럽게 했다.

166

거의 매일 새벽부터 노을에 이른 연꽃 사진은 다만 기다림과 인내의 시간
으로 설명하기엔 많이 부족하다. 수많은 사진가들이 현상과 생태에 집중
할 때 선생은 생명의 미학^{美學}과 생사^{生死}의 노래로 인식했다. 나아가 우주
의 존재론적 가치를 부여하기에 이른다.

> 연지의 아침 하늘
>
> 빛이 좋다.
>
> 하늘을 이고 피어있는 연꽃,
>
> 연꽃은 지상에 핀 천상의 꽃이라 했으니
>
> 저 하늘과 연꽃을 함께 담을 수 있으면 좋겠다.
>
> 연꽃을 품은 하늘과 하늘을 품은 연꽃을 생각한다.
>
> …
>
> 내 안에도 저 하늘이 있다면
>
> 그 하늘을 품은 연꽃 또한 함께 있을 것이다.
>
> - 애련일지 11 〈하늘을 품은 연꽃〉 중에서

한편 꽃이 피고 지는 생명의 순환을 통해 제행무상^{諸行無常}을 진리를 받아
들이고 있다. 세상에 영원한 것이 어디 있는가. 하지만 꽃과 열매가 동시
에 피고 맺힌다는 연꽃의 화과동시^{花果同時}를 통해 원인과 결과를 피력한다.
삶이 있으므로 죽음이 있을 뿐이라고.

선생은 스스로의 사진을 전문가에 이르지 못하는 아마추어 수준이라고
고백한다. 해서 그냥 무심한 마음으로 찍는다고 한다. 실은 목적을 위한
대상으로 사냥꾼(?)이 되어서야 작품은커녕 그 무엇도 아니다. 온 국민이

167

사진을 찍는 시대에 분별과 작품성을 논하기가 쉽지 않다. 따라서 대상에 대한 무한한 애정이 우선으로 만남과 시절 인연에 감읍해야 할 일이다.

사진을 찍는 선생의 태도가 이러할진대 일찍이 추사가 말한 대교약졸^大^{巧若拙}이 떠오른다. '매우 공교한 솜씨는 도리어 서투른 것 같이 보인다'고 함은 실로 시각예술의 정수를 논한 것이다. 이것은 최첨단의 기재와 고급 카메라로 찍어야 효과가 있다는 현실에 일침을 가한다. 기자재가 우선이 아니라는 말이다.

이러한 사실에도 불구하고 스마트폰으로 찍은 선생의 연꽃 사진은 각별하다. 특별한 시각과 분위기 속에 빛과 대기의 기운이 함께 묻어난다. 이 같은 현상은 같은 먹으로 한지에 그림을 그렸는데 어느 것은 맑고 또 어느 것은 탁하게 느껴지는 경우와 비근하다. 알 수 없는 마음과 영혼의 손길이 투영된 결과인 것이다. 그동안 선생이 보내준 수많은 연꽃의 얼굴을 대하며 천태만상의 자태와 연꽃 사랑의 숨결을 읽었다. 다함 없고 그지없는 순수한 열정에 머리 숙인다.

이 연꽃 사진 찍기에 몰입한 까닭은 그동안 선생이 걸어 온 삶의 발자취와도 무관하지 않다고 여긴다. 시인이자 생명운동가로 생태귀농운동, 생명평화운동, 한살림과 녹색연합, 생명의 숲 국민운동 등 자연과 생명을 보듬는 일. 생태계의 중요성을 설파해온 여정의 행위로 느껴지는 것이다. 그 사상과 이론의 실천으로 선택된 소재의 탁마^{琢磨}로 보인다. 연꽃을 통한 방편으로 깨침을 증명하고픈 것이리라.

한살림의 무위당 장일순 선생이 글씨를 쓰고 난을 치듯, 반 고흐의 일기와 편지가 그림과 함께 살펴지고 있듯이 그렇게 선생은 매일 연꽃을 찍고 일기를 써 온 것이다. 그 일기 중 연꽃의 인연을 정리한 구절이 마음을 울린다.

　수없이 많은 연꽃과 만나고 그것을 사진으로 담아 오면서 나는 그
　연꽃들을 얼마나 절실함으로 보았던가. 절실함으로 만나야 할 것
　이 어찌 연꽃뿐이랴. 이번 생의 여러 만남 가운데 그렇지 않아도
　괜찮은 것이 있을까.

…

　오늘 연꽃에 대한 내 마지막 인사는 사랑이란 말 대신에 '고맙다'
　이다. 이 여름, 이 연지에서 만난 모든 연꽃에게 고마움을 다시 전
　한다. 해가 바뀌고 다시 여름이 허락된다면 그때도 애련, 우리의
　사랑은 이어질 것이므로.
　　- 애련일지 48 '고별, 마지막 연꽃을 위하여' 중에서

　나 또한 연꽃을 마주할 때 선생의 애련일지를 떠 올릴 것이다. 오래 보
고 깊이 보고 다시 보고 붓을 들 것이다. 꽃과 무언의 대화를 통해서 영혼
의 교감을 나누고 싶은 것이다. 그리하여 하나의 꽃을 통해 우주를 느끼
는 기쁨을 만끽하고자 한다.
　이른바 "진흙탕 물에도 결코 오염되지 않는다處染常淨"는 연꽃은 우리 삶에
시사하는 바가 크다. 이 연꽃을 주제와 대상으로 한 중국의 주돈이 〈애련
설〉과 다르게 선생의 〈애련일지〉는 또 다른 감회와 감동을 준다. 중국에
〈애련설〉이 있다면 한국에 〈애련일지〉가 태어난 것이다. 무엇보다 연꽃
을 통해 우주만상의 이치와 나의 삶을 비추어본다는 의미에서다. 그리하
여 마침내 연꽃은 지상을 떠나 하늘과 내 가슴 속에 피어나고 있다.

애련일지 愛蓮日誌
연꽃 만나고 온 바람

초판 펴낸 날   2022년 11월 30일

글·사진   이병철
펴낸 이   이수용
편집디자인   장순철
마케팅   이호석
인쇄제본   ㈜상지사 P&B
용지   ㈜세림상사

펴낸 곳   수문출판사
출판등록   1988년 2월 15일 제7-35호
주소   (우 26136) 강원도 정선군 신동읍 소골길 197
전화   02-904-4774, 033-378-4774
카페   cafe.naver.com/smmount
블로그   blog.naver.com/smmount
이메일   smmount@naver.com

ⓒ 수문출판사 2022

ISBN 978-89-7301-202-2 (03800)